影子的重量

張堃——著

張堃詩集

【序文】張堃詩美學的三個向度

瘂弦

其一、率真是語言的極致

人在海外，每當鄉愁來襲，常在越洋電話中與台北的朋友談詩論藝或閒話家常：但能夠長談者並不多有，張堃與我之間便有一條這樣的熱線，我們雖分處美、加二地，卻好像同住一城。鈴聲一響，兩人拿起話筒便放不下來，一聊就是兩個多小時。不亦快哉！特別是最近，他計畫出詩集，囑我撰序，自慚學殖荒落，未敢著筆，乃在熟讀他的書稿之餘，以更多長途電話向他請教細節，作爲撰稿之參考。這是一個新的經驗，主要是彼此有交會，有共振，有啓發，也有意想不到的創造。經過充分的溝通，張堃的詩，詩的張堃，一下子我全懂了！內心有悸動，舌尖有語言，這序言，我可以勉強成篇了。

我們最近對談的內容，多半環繞在詩的語言方面。我發現，張堃的詩，在語言的處理上，不是策略的，而是美學的，他所提出的「率眞是語言的極致」這個原則，乃是通過長久的創作實踐所獲得的結論，他要以這樣他自己相信的語言，來承載他心靈生活的眞實紀錄，表達他對世界的愛與希望。此一訴求篤定而明朗，不容有任何的異化、變形，這便是爲什麼他那麼重視傳達的眞確性與一致性。對他來說，語言是中性的，應用之妙，存乎一心，端在使用者的操作意向。

張堃深信，語言充其量只是手段，是過程，而不是目的，一旦它偏離了思想，就變成了一堆空洞的符號。在文學創作上，永遠是藝術要求決定遣詞用句，而非遣詞用句決定藝術要求，是詩人完成了語言，而不是語言完成了詩人。如果本末倒置，過分迷信語言的功能，甚至對語言產生拜物情緒，那就失去率眞的基礎。

說詩人是語言的魔術師，那是對語言在詩中重要性的一種強調，語言並不是第一義的。修辭上的拗句，文法上的胡亂換位，是語言的僞裝，語言的不誠實，感性的怠惰，藝術的敗德。

假設問張堃，佳句和佳篇，二者僅能擇其一，他必定選佳篇而棄佳句；形式與內容，二者僅能擇其一，他必定就內容而捨形式。雖然他會說，二者兼而有之最好，不過我想張堃對佳句的定義跟很多人是不一樣的。對年輕人來說，句法和樣式是迷人的，他們常常逃不掉這種誘惑而陷入語言的遊戲。語言的遊戲是率眞的敵人。

「清遠簡淡」，這四個字或可概括張堃率眞語風的精義，這是清代文學家王士禎的話。

王氏談詩畫三昧，說詩要有言外之意，味外之旨，畫要「意在物墨之外」，講求「略有筆墨」即可，形成「遠人無目，遠水無波，遠山無皴」的視覺效果。畫家面對遠處的山巒，可以不著一筆，而以「霧失遠山」爲題，照樣可以引發觀畫者的想像。如此「極簡主義」的作風，無疑是對雕琢得過了頭的惡質語言的一種顚覆。

我舉文學評論家唐德剛先生多年前在寫給我的信上的一段話，想聽聽張堃的看法。唐說：「中國新詩也不過七、八十年的歷史，但傳統詩（舊體詩）的毛病新詩差不多全都有了。這毛病多半來自語言的放縱，語言的褻玩。」「褻玩」這兩個字乍聽有點刺耳，不過當我聯想起古文〈愛蓮說〉上那句「可遠觀而不可褻玩焉」，就覺得唐的話並無惡意。張堃說唐的觀點使他想起胡適之先生，胡曾向人表示他看不懂五、六十年代台灣年輕人寫的現代詩，胡適說的年輕人想必就是「我們這一伙人」（辛鬱語）。張堃的看法是：胡適並非眞的讀不懂現代詩，而是他不喜歡，新詩到了李金髮，大概他就不喜歡了。的確也是如此，李金髮師承法國象徵派，新詩看不懂，大概就是從「髮翁」開始的。一般來說廣東人國語不大靈光，加上象徵的朦朧，再加上文言白話參雜，胡適無法忍受是可以理解的，因爲它違反了白話文學運動的「初衷」，被認爲是白話文學的第一次反動。所以胡才說看不懂；張堃說，也許胡大師眞的看不懂哩。

我們又談到胡適批評杜甫〈秋興八首之八〉「香稻啄餘鸚鵡粒，碧梧棲老鳳凰枝」句，胡適說它「嚴重違反文法常規，不通之至」。詩人余光中說老杜此句可以作爲現代詩顚倒字序的張本，古典詩詞研究學者葉嘉瑩則說「文法通了，詩也沒了」，她希望大家應該去探索文句背後深遠幽微的詩意。老年杜甫「晚節漸與詩律細」，說明他是有美學上的原因的。不過這種「錯綜對」可一而不可再，如果後學者依樣畫葫蘆，寫起詩來滿篇都是這樣的倒裝句，那不煩死人才怪。張堃說可見每一個人都有其時代的限制，有時候毋寧說是革命期的矯枉過正吧。有句話說：「語言是風。誰能管得住風？」不過文學史上可以找出一個發展規律，關於語言演變的反省與檢討，似乎從來沒有停止過。而語言的節度，總是代表一種文學的成熟。

雖然張堃的年紀比我們「七老八十」一代要小很多，但他卻與老一輩有同樣的時代感情，這一點很難得，也是他跟我們「這一伙」銀髮族「玩」在一起最重要的原因。老哥子們對他始終堅持率眞樸素的語言風格，十分欣賞。近年，張堃詩的語言更走向單一、淺淡、清寂、蕭散，特別是清寂和蕭散，這是中國古典文學中最迷人的語境，張堃從這個方向去追求，說明他詩藝的層樓更上。此外，他並爲自己定下兩個原則，一是更審愼的刪繁就簡，一是在哲學的指涉中直接抒情。這樣的省思無疑將爲他的作品帶來更多新的可能。

生活從八方來，詩人向一方去。望著大隊人馬留下的煙塵，他寧可選擇一條少人行走的幽徑。在言必稱「後現代」的今日文學界，張堃這個人，不怕陷入「時代的錯位」，也不急匆匆地「與時俱進」，更不搭趕任何新名目的順風船，始終堅守著自己的美學原則，誠屬難得。

其二，從人出發

周作人早年提倡「人的文學」，特別強調「闢人荒」的重要。所謂闢人荒，就是希望作家到廣大人群去墾人荒、開人礦，去發現人的眞理，人的價値。周作人認爲人性有強韌也有軟弱，但不管處於何種狀況，喜劇或悲劇，但人們對未來的盼望永遠不會停止，每個人總是把赤裸裸的追求和夢想推向生活的前沿。激情是可貴的，有時候錯誤的激情也比沒有激情好。人生依然神聖、美麗。

多年來的台灣現代詩，用力最多成就最大的，是「水仙花精神」式的自我觀照，以及對存在意義的參悟。這當然是好的。但在「闢人荒」方面，表現就顯得薄弱，詩人的關懷面，小我多於大我，殊相多於共向，很少關注社會學意義的現實生活戲劇。爲了彌補這方面的空白，張堃平原極目，擴大自己的文學視域，掌握「對世界的愛與希望」的寫作脈絡，推出不少新作，成績可觀。這些年他利用在外商公司工作之便，經常到世界各地作商務旅行，以詩人之眼，飽覽人的風景。他走遍了通都大邑，博物館、畫廊、作家藝術家故居、歷史上著名的文學現場，收集資料，發爲創作。除此之外，他也關心基層人民的生活，流連忘返於街頭巷尾、攤販市場、貧民窟，不爲別的，就只爲了看人、寫人，這與周作人主張的「闢人荒」可謂不謀而合。

通常，旅遊時間比較匆促，張堃的「客中作」多半採用快筆速寫的白描方式，雖是馬上作業，卻也展現出他捕捉形象的功力。白描講求「有眞意，去粉飾，少做作，勿賣弄」（魯迅語），這樣的歸納，與張堃不施濃墨重彩、簡煉傳神的行文習慣特別吻合，往往寥寥數筆，就能把描摹的對象活現在讀者的眼簾。有時候時間充裕，他的人物詩便相對的長一些，且帶有詠史的性質，〈翁山蘇姬〉一詩便是一個代表。在這首詩中，詩人爲這位緬甸良心象徵的女傑寫下很多「可以燃燒起來的句子」（穆旦語）。句子可以燃燒，那是因爲寫它的人有一顆燃燒的心。盡管如此，他仍然以冷靜的態度來處理這個作品。骨子裡千迴百結，迭宕騰挪，但所有的激情，都壓在底流之下。而改以景語和情語交替進行，以「淺」和「緩」的方式，表現大動亂之後仰光的窒悶氣氛，手法特殊。古人論詩，有所謂「其語愈淺，其意愈切」、「意愈淺愈深，詞愈近愈遠」的說法，這種古典詩的技巧，被張堃活學活用了。至於「緩」，乃是一種靜水流深式的平緩，在平緩無波的下層，埋藏著電影上說的「畫外音」，戲劇上說的「潛台詞」。這樣的設計，加大了感染力，也使作品飽含更豐沛的思想性。〈文德路的巷子〉也是一首力作，詩的主人翁是有「創世紀火車頭」、「詩壇老管家」美稱的張默，若說開人礦，張默就是個大礦藏，值得開採。獨特的人自有獨特的寫法，整首詩好像用的都是閒筆，別的不寫，只寫張默內湖家門前的那條巷子，同一個句式重覆了三次：「一條巷子」、「一條走了幾十年的巷子」和「一條巷子走了幾十年／最終走成了／詩人之巷的必然結果」。層層迭進，直到詩眼出現。古人說閒筆不閒，好的詩，無一字閒著。而那個閒，也許是用來作「對應」的吧。T・S・艾略特曾提出「客觀對應物」的理論，說在藝術形式裡表達情感的唯一方法是找出一個客觀對應物，一組事物，場景或事件，具有一種特殊情感的固定形式，藉此可以喚起特殊的情感，以避免直接的陳述。寫詩人張默，沒有什麼比他家門前那條巷子更具典型性和象徵意味。「篇不可以句摘，句不可以字求」（胡應麟語），通篇應該是一個組合嚴密的有機生命，一體成形，不容拆散。這麼說來那重複了三次的「一條走了幾十年的巷子」，便成了不是佳句的佳句，功在全篇，不可小覷。

〈人物素描六幅〉，一口氣側寫了六位台灣當代女詩人，未註明寫的是誰，讀者一讀就可以呼出名字來，如見其人、如聞其聲，趣味盎然。這樣的功夫要善於寫眞，才能勾勒得如此唯妙唯肖。主要的是作者對每位詩人的精神世界，體會深刻，才能出現神傳寫照的點睛之筆。如果只寫人而忽略了詩，少「情實」而多「故實」，那就成了浮面的掠影，無法入木三分，少了回環往復的想像空間。又因爲是詩人寫詩人，是從詩到詩的一種再創作。張堃遂把整輯作品定調在似與不似之間，「似」是實，「不似」是虛，虛實相互生發，作者才能自抒機杼，熔裁諸家詩境，把素描對象著上「我」之色彩，以延伸出更豐富的不盡之意。這也是闢人荒更積極、更富創造性的意義吧。

〈達賴喇嘛十四世〉是一首典型的開礦之作。此詩「以氣勢爲主，不以字句爲主」（蘇東坡語），這裡說的氣勢不一定是縱橫恣肆、閎衍浩大一類，而是一種整體的氛圍，無關乎規模的大小。張堃緊扣這一點，全詩都是主人翁的獨白，充滿了戲劇性，也使文勢飛動流轉，在平鋪直敘中凸顯了題旨，這是非常高明的寫法。也使我想到早年五四詩人卞之琳純粹用「大白話」寫的詩，他的名句「下雪了，眞大！」，至今爲人稱道，因爲任何形容詞也比不上這句村頭街坊上的尋常語形象。語言極簡主義的張堃似乎不讓前輩專美，而在音情理趣上有更多的設計。

其三、靈瞬之美

在張堃和我很多次的長談裡，比較少觸及到靈瞬的問題。不過在張堃的詩中，時常隱現出類似靈瞬的審美經驗，我甚至想稱他是一位靈瞬的詩人。

靈瞬，本是西方宗教術語，意思是神祇顯靈，後來也用在文學藝術的討論上，意義也變得廣泛，凡人在思考時出現那一剎那的洞見，或對事物的眞諦有所頓悟，均可稱之爲靈瞬現象。事務不分大小，甚至日常生活的枝枝節節，瑣瑣細細，也能引起心靈的悸動，靈瞬的閃現。不一定天君泰然，精神澄澈才叫靈瞬，心事浩茫，無以自解，不知何適何從，也可以稱之爲靈瞬經驗或靈瞬症候。張堃在本書中帶有佛理和禪味的詩常常流露這種美感意識，有時候還加上一些東方的倫理，如此更把靈瞬提升到救贖的層次。這就接近泛宗教的領域了。

張堃詩中的靈瞬經驗，自然與西方的宗教無關，與佛門的「靈覺」、「靈應」、「靈異」也大異其趣。他當然也不是一個耽於神秘的神秘主義者，不過中國文學上的「心領神會」、「妙對通神」、「遷想妙得」、「登山則情滿於山」的境界，他都觸及到了。這樣的「如有神助」，乃是在心智高度集中下，窮究事物的內在本質所閃現出來的現象，是感性的絕對誠實獲得的成果，是「大哉問」換來的「大哉答」，再以納須彌於芥子的方式，將它壓縮在短小的詩型中。精省的語言加深了詩的純度，而展現出一種淡永靜穆的意境，低沉諧美，氣完神足，令人爲之神往。如此的美學效果，非靈瞬而何？

有寫作經驗的人都知道短詩易寫難工，高明的作者表面上神閒氣定，看似閒閒敘寫、不事張揚，但他們的內在都具備一種曲筆隱忍的功夫。所謂行散而神不散，絕對不可以浮想雜感視之，而是長期沉澱後厚積薄發的菁華。不妨試作一個有趣的假設，如果我們進入張堃的練功房（通常練功房是不讓外人進入的），心想他的練功處一定擺滿了槍刀劍戟三節棍流星錘。結果仔細一看，四壁蕭然、空無一物，除了因長久研讀而磨破了函裝封套的一部佛經和論語老莊外，沒有別的東西。但是也千萬不要據此而判斷他作品缺乏現代元素，他是一個周遊世界的人，仔細觀察就會發現他的詩藝來自多方面的師承，有些是跨行學習得來的，西方文學中的詩、小說、散文、戲劇，甚至現代電影、現代繪畫，他都有所涉獵，並進入他的創作實驗中。張堃最喜歡的題材就是訪舊，看老朋友、重臨住過的老房子和他童年玩耍的地方，其中關於時間的流逝、今昔之比感受特別深刻。這種感覺最宜用電影上的淡入淡出、化出化入、切出切入、定格、深鏡頭等等的手法來處理，以保持他旋律流動的快速，時空轉換的靈活而又不失簡潔的風格。此外，張堃的詩對於顏色特別敏銳，有一種特殊的暗調和漸層的色感，他喜歡寫黃昏、夕陽、暗夜，所以很自然地採用了現代繪畫的視覺藝術、偶發藝術、拼貼等手法。雖然有這麼多元的影響，但最後他還是要統調在樸素的整體風格中，務必做到只見性情不見技巧，不是技巧的賣弄，而是技巧的隱藏。張堃常思索古代論詩者說的「無意工而無不工」，如果刻意求工反倒不工了。他也完全贊同詩詞研究學者葉嘉瑩說「作詩」和「做詩」絕對不可以混用，「作詩」是創作，「做詩」是造作，前者是詩的領域，後者是工匠的範疇了。

靈瞬經驗也常常出現在張堃一些悼亡傷逝的作品中，他悼商禽、念秦松、哭大荒，痛友痛己之外，更把頌讚惋惜之情錯落有致地表露出來，並找出亡友生前鮮為人知的行誼加以彰顯，謹厚大度，一片率真。君子交，兄弟情，文人相重，應如是。

張堃有三首悼念他母親的詩，字字悲愴，嗚咽頓挫，讀後令人潸然淚下。其中〈夕陽已冷〉：「從你陽台望去／最後幾年的落日／一年比一年沉重／你卻說／一年比一年輕了／／我不解／落日何以變輕／難道妳早就看到那抹晚霞／已燒成了灰燼？／／從妳陽台望去／陪伴妳的晚風不再吹起／流雲也不再飄浮／夕陽眞的冷了之後／孤星滅了／寒月沉了／陽臺外／除了不醒的永夜／／空了」。另一首〈媽媽，對不起〉，最後一節：「這回送你／你一直微笑，不再哭了／我一直跪著，不再揮手／千言萬語也只有一句／媽媽，對不起」。面對著永訣的時刻，語言已經無濟於事，一句「媽媽，對不起」有千斤之重，再多的語言都沒有意義了。

且讓靈瞬閃現出的一條無形臍帶，緩緩向西，跨過那永隔的幽明。

附記

一：張堃在他的詩集《調色盤》後記〈也算是詩路歷程〉中說：「詩是一種追求、一種探索。那麼，我的作品在一定程度上，保留了生活的記錄，呈現了對世界的熱愛與希望，應該也算是我生命中的追求與探索的一部分。」這段話決定了張堃詩美學的三個向度。

二：早年詩人羅青送瘂弦一幅水墨小品，題爲〈霧失遠山〉。

【序文】從陰影側影背影到幻影

——讀張堃的詩集《影子的重量》

白靈

只有經常由一個團體游離出去的人，才較有機會看到或注意到自己完整的影子，即使長時間保有自己的影子是令人恐懼、害怕和備感孤寂的。而「游離」，表面是可怕的，作用卻是巨大的。物質切割得越細小，展現的能量往往越大[1]，人越能離群獨處，思維就越清明、行動就越不會絆手絆腳。這些年張堃的詩越寫越多，不知是否與感受到游離的好處或智慧有關？

張堃長年因爲生計，不得不自熟悉的環境常游離出去，即使短暫切入陌生的異地異國，也往往仍處於難以融入的游離狀態。他的多年漂移游離與他從事貿易事業的推展有關，因此一年至少三分之一時間必須往還旅行世界各地。此特殊的獨行經驗使得他的詩中光影幢幢

---

1 比如奈米化的物質是使物質孤立化，其特性往往非一般物質的聚集狀態所可比擬，又比如小分子水（六至八個水分子組成）就比一般大分子水（十二至十八個水分子組成）更能穿透細胞膜，給身體帶來充足的養分和氧氣。

——短暫接觸即得離去、才稍熟稔轉眼即成夢境。因此從與人頻繁互動的白天到客棧獨自孤處的異鄉夜晚，不論是面窗或面壁、是面月面黑或面火面螢幕時，他對彎在牆角或彎在天花板上的影子說話的機率一定比常人多。他應該常想安定他的游離，卻不能，以是只好使之一一沉澱成詩。或因此，他對自己影子下的工夫就越來越精熟，也越猛狠。

「影」這個字的本字是「景」，金文作「」，上頭一個「日」，下頭一個像「亭」子的形象，表示陽光在高大亭臺上投下的影子。到了篆文則「亭」改爲「京」，其後本義被奪，到了隸書乃另加「彡」（代表光彩），而成了「影」字。此後「影」代表了光線在物體下方或背後投下的暗斑，如陰影、蝶影、花影、蹤影；也代表反射或投射形成的人或物的形象，如倒影、側影、皮影、倩影。「影」成了人／物／景與環境／世界之間連結的中介或模糊地帶：

人／物／景—影（模糊地帶）—世界／環境

當人／物／景無以清楚呈現時，其模模糊糊的局部或倒影、側影、背影、乃至腦中存留的殘影，都暫時代替了其本來面目。

而張堃不知何故，對上述各種形式的「影」興趣濃厚，這其中或隱藏了可予探究的切入點。一般常人當身處在眾車雜沓、影樓互疊、輪子與步子競速的場合，影與影相疊相錯相軋，應很少有機會看到自己或其它事物完整的影子，因此也很難會發出「影子的重量」（書名）這樣的疑惑和天問的。影子當然沒有重量，詩人張堃經常游離在外，孤「影」見多了，感受自有不同，或許他想說的，會不會不只是外在可見的各種事物投射出去的影子，而也想指出影子所欲遮掩或已包含的巨大能量？他欲探索的會不會是我們內心世界蠢蠢欲動的陰影或影像究竟有多少能量、對我們有多大的影響呢？

而這正是「陰影」此一詞的兩個意義，一指陰暗的影子，如日光、月光、燈光下的人影及一切物影。一則比喻心中的鬱結，它是人不願自我承認的一些黑暗部位，比如懦弱、自私、嫉妒、縱慾、貪心、吝嗇、好色等一切社會所不允許，而被自身挾持在內心的特質。《陰影效應》[2]一書中將陰影比喻成每個人揹在身後的隱形袋子，我們將家人或朋友無法接受我們的各個面向，都丟進這袋子裡。於是「你不在世界之內，是世界在你之內」（吠陀經），我們所看到的即是自身在世界的投影或顯像，或者說「你看到什麼，你就有什麼」。然而這些

[2] 狄帕克．喬布拉、黛比．福特、瑪莉安．威廉森合著：《陰影效應》，謝明憲譯（天下文化，二〇一一年）。

自小留存心中的黑暗部位不見得會被每個人所認識或承認，如何在人生歷程中逐漸加以「回收」，將內心中黑暗的部份予以「整合」，即有機會成爲榮格所認爲的「完整的人」。

此詩集對「陰影」的處理，可分爲「大型的社會性陰影」與「小型的個人性的陰影」兩類型，前者類似拉康所謂的「大他者」，與社經制度風俗習慣的有形無形制約有關；後者則多與個人童年時的創傷有關。「大型的社會性陰影」如以下詩例：

影子
沒有想像陰暗
堆積得愈來愈厚的鴿糞
也僅僅添上一層
帶著訕諷的灰白色
只是銅像
站久了
憔悴了

——〈廣場（一）〉

此段詩是對社會集體鬱結因代表「偉人」或「獨裁」的「銅像」被推倒或象徵性減弱而獲紓解，因此「影子／沒有想像陰暗」，因此遭鴿糞一再堆積無人清理，其「憔悴」反使人民可以正面看待過往的「陰影」或傷痕，這是民主普世價值的推展所得，但還未達至全面性。「大型的社會性陰影」影響力其大無比，非個人力量所能對抗，詩人常只能以嘲訕、反諷方式予以揶揄或抵制，如〈拉斯維加斯二首〉之一的〈凱撒宮〉一詩：

城垛上的號角齊鳴
跟歷史扯不上什麼關係
花崗石的堅硬
卻把我硬生生地推向
羅馬帝國的一隅

我負手踱步在
一座座複製雕像的陰影裡

還來不及仰望
大理石的冰冷
又把我從公元前
瞬間拉回到二〇〇六

而我剛剛與凱撒
匆匆留下的一幀合照
當然更與歷史無關了

希臘羅馬文化對西方文明具有關鍵性影響，凱撒自是要角之一，其身影雕像四處可見，包括賭城拉斯維加斯，相關的歷史片段常以戲劇型式演出。因此「城垛上的號角齊鳴」、「與凱撒／匆匆留下的一幀合照」都是現代賭城娛樂的一部份，然而眼前「花崗石的堅硬」、「大理石的冰冷」與「雕像」雖是複製物，其眞跡卻有可能仍然眞實存在於羅馬帝國的廢墟中，與其典章制度的影響一樣巨大地矗立著，並被其他國家一而再地複製。如羅馬複製希臘、英美法德複製羅馬、東方複製西方，因此詩中說「我負手踱步在／一座座複製雕像的陰影裡」，既是實景也是西方「大型的社會性陰影」的影射，畢竟「複製」有其利必有其弊，利明弊暗，很難令走在西方巨大陰影的東方人來得及理解而只能匆忙「仰望」。「花崗石的堅硬／卻把我硬生生地推向／羅馬帝國的一隅」是由虛擬的實景被推向歷史沉思，「而我剛剛與凱撒／匆匆留下的一幀合照」則由實景的演員虛擬了歷史，由現代的我的出現否定了歷史的不能重現。然而東方複製西方典章制度之「陰影」又是眞實存在的，「我」僅能「負手踱步」其中，則「我」不僅是我，我們每個人皆持續活在一國影響一國、一文化影響另一文化之類似的「陰影」中。

此詩即在實景與歷史、虛擬與眞實、複製與影響中進行推衍辯證，尤其「我負手踱步在／一座座複製雕像的陰影裡」兩句既嘲諷了「大型的社會性陰影」是可被複製的，其存在必須與「複製的雕像」、「複製的大理石」、「複製的堅硬和冰冷」、「複製的凱撒」一起反思重省，而且對我們周遭一切的「複製品」（包括科技產品和其生產的合照）之無所不在，均有必要進行省思、避免「仰望」而已。此詩對西方偉人「陰影」的強調、及我們常活在對西方各種「複製物」的不斷仰望中，而未及撿擇且反省，有極鮮活的描摹、詮釋與暗諷。

與此相近的還有〈普林斯頓印象——布萊爾拱門〉一詩：

我想走近一點
如此就靠歷史近了一些
彷彿這樣才能
感覺花崗石的冷
才能聽出風聲
一再重覆又聽不清的信息

在拱門的陰影裡
我取出相機
隨意拍下風景明信片上
沒有的斑駁

張堃藉此詩想說的，是再壯麗高偉的拱門都不是用來懾人的，而是其中隱藏了歷史中聽不清又一再重覆的信息，此信息作者未說明是什麼，而只以「在拱門的陰影裡」的「斑駁」代表之，那裡離歷史和眞實就近了一些。於是「陰影裡的斑駁」是「風景明信片」所未現，是「隨意」即可「拍下」的，而眾人皆忽略它們。連「陰影裡的斑駁」都成了張望目光的焦點，也難怪他詩中何以會有那麼多型式之「影」，那其中必潛伏著什麼。

「小型的個人性的陰影」是他詩中「陰影」型態的另一重要型式。先以〈散步小集〉之一首爲例：

曾經奔走於大江南北的腳
現在漫無目的地走在
行人道上

鞋聲輕了許多
拖在身後的影子卻重了

此段詩大概即此詩集命名《影子的重量》的來源，說的是過去爲生活奔忙，只顧往前衝，很少回首，現在能「漫無目的」行走，表示負擔已輕，因此「鞋聲輕了許多」，但「拖在身後的影子卻重了」，輕的是身體的負擔，重的可能是歷練多了，所思也多了，回首自身，面對身後投下之「影子」和內在「陰影」的機會增多了，這是屬於「小型的個人性的陰影」。此種陰影在心理學中被視為是毒也是藥，是垃圾也是金礦，因為我們同時擁有明與暗、必須與之共在，無法逃避。被我們投射的影子即自我的延伸，不承認或不喜歡，即無法面對自身，人必須對此陰影下工夫才能解放自己，同時也因而解放他人，以是「影子的重量」即是張堃藉輕盈自己的「鞋聲」，而認識到內心世界蠢蠢欲動之陰影的能量吧。

人一生中如果不願揭露陰影，就是冒險將自己置身險地，此即《陰影效應》一書所稱的陰影效應。但要對自己的陰影下工夫談何容易，由於陰影誕生在小時候羞於表現自己的某些特質，而為自身所難揭示，那是隱藏於無意識下之暗蔽處的內在羞愧，似乎只有透過正向看待自身的任何缺漏或匱乏，包括夢境所象徵暗示的，方易自我揭發。這也是張堃為何會藉〈戀人〉一詩說：

他們相愛
如觸高壓電般
達達了起來
非但在變形的夢境之中

還原了本來面目
更在超現實的幻影裡
顛覆彼此
最後
解放了

現實中人人帶了面具，看不見彼此眞貌，只有透過特殊情境，比如觸電般的戀愛，才有機會省視自身，在無厘頭地「達達」起來中看見內在的天眞，宛如「在變形的夢境之中／還原了本來面目」，更在有如「超現實的幻影裡」，將彼此世俗的虛假顚覆，面具揭去，宛如重獲純潔或自由般地雙獲「解放」。即使他們在世俗眼光中是「夢境」或「幻影」般不眞實，卻是脫掉陰影、暫拋影子般的使自身處在無設防的危險的卻是自如自在的狀態。

上述那種「如觸高壓電般」的狀態不易見，「還原了本來面目」的機會也不多，反而在日常重審自身夢境時，或透過深切的自省，才有機會瞥見自身之匱乏和陰影。比如張堃下面這首〈透視〉：

一面鏡子
悠悠自暗室醒來
湊不成形的影子
沿著牆壁滑落
消失在另一個黑暗中

他夢見
浴後的自己
根本還留在鏡框裏
全身赤裸
竟和一個陌生的影子
擁抱
那早已不存在的

夜

此詩「醒來」的其實不是「鏡子」，而是如「鏡」反映自身內在的「眞我」，「湊不成形的」也不是「影子」，而是現實中虛矯的「假我」。因此當「他夢見／浴後的自己／根本還留在鏡框裏」時，他說的即是脫去陰影的「眞我」，因此才能「全身赤裸」，大膽地去擁抱「陌生的影子」和「不存在的夜」。他說的或是人內在深層的欲望，卻是由「鏡」、「影」、「我」三者的關係，去辯證前段「湊不成形的」「影子」和後段「陌生的影子」的關係和相異。由此而求得人之「陰影」既是阻礙也是更眞實的不願接受自己，如此，「陌生的影子」何妨看作是自身脫掉陰影後的形象呢？

而在詩中藉助「凝視」自己、景物、或歷史，而得以自由地轉換角色和時空，一直是張堃擅長的手法，也是他得以在尋常生活中進入「變形的夢境」以「還原本來面目」，及「在超現實的幻影裡／顚覆彼此」、最後獲得「解放」的重要技法。比如他在〈卡內基湖一瞥〉一詩中說：

點點光影
灑落在湖水的一方

小船划過的水痕
波漾著我氲氤的想像
飛鳥低空掠過後
漣漪便靜靜散了開來
流雲附庸風雅
也掉入湖面
和一張路過旅人的臉
一起浮沉

那是我刻意留下的倒影
算是做為來此一遊的印記

刻意留下「倒影」與「附庸風雅」的流雲「一起浮沉」，因爲被我們投射的即自我的延伸，敢於承認自己不喜歡、乃至暗諷自身，即與自己暗面共在，也是擁抱自我、容納匱乏的方式。辛鬱說「張堃是條爽快麻利的漢子」（見〈予人以內心的率眞——略說張堃〉一文，文訊雜誌第二八八期〉，由其詩作勇於面對自身、揭矯去偽，最易見真章。

因此當他凝視諸多事物時，都有一種想穿透時空，與之等值、同瞬、互動、相與往還的真切感，比如下列諸片段：

我移動數位相機的鏡頭／屏息拍下／那抹一九四一年的晚霞／在亞歷桑那號沉船的上空

——〈珍珠港夕照〉

船尾漾出的一條水痕／正拖著浮映神祕圖案的倒影／緩緩划入／玻里尼西亞人／男女混聲合唱的波濤裡／一個波浪打來／把我跟著唱不上去的高音／轟然蓋住

——〈獨木舟〉

從最初側影的暗示／投射到窗的感覺／內心深處的密碼／不容輕易破解／／坐在飛翔咖啡屋的人／把自己上升到／比雲層更孤絕的高處／去看曦日

——〈人物素描六幅——現代女詩人側寫〉

年輕時／不知如何才能／走進畫裏／去感覺那些女人的愛與恨／如今我從畫裏出來／帶著繽紛的色彩／向絢麗的黃昏走去／而她低頭撫琴的側影／看來依舊那樣害羞／只是蒼老了許多

——〈靜物四帖（帖一）〉

枯枝伸長了抖顫的手／試著去抓住／一抹就要散去的灰雲／天色突然忽明忽暗／即將落雪的天空／一時分外寧靜

——〈一個老婦的側影〉

我回頭　望去／公車站在黃昏中／冷清了／路燈／茫然了／街樹／站累了／而當那人的背影／和冰冷的暮色重疊時／小街的夜／就真的很老了

——〈新北投的那條小街——寄碧果〉

我隔著霧氣重重的窗玻璃／全神貫注地去拼湊童年／朦朧的雨景／更加模糊不清／只看見／父親走遠後／留下濕透了的背影／在深巷盡處／在雨聲中

——〈懷念父親的詩・那年雨季〉

上述詩段，不論寫倒影、側影、背影，均有時空難再、唯當下最爲可貴的感嘆。而且事物即使如何努力，實難徹底看穿、明白實相究竟爲何，因此他要拍下「那抹一九四一年的晚霞」，其實當下即如當年，一樣淒麗可憶。因此他視「水痕」與「倒影」可以「緩緩划入／玻里尼西亞人／男女混聲合唱的波濤裡」，那是他情溶境裡，與之合一。因此他說「側影」僅能「暗示」、人與人很難「輕易破解」那「內心深處的密碼」，而且是「不容」，表達了「此影」與「彼影」間的糾纏複雜。如此則雖然「不知如何才能／走進畫裏／去感覺那些女人的愛與恨」，則何妨再「從畫裏出來」去欣賞她們「低頭撫琴的側影」，其餘不必強解強求。以是「老婦的側影」只能由「枯枝伸長了抖顫的手／試著去抓住／一抹就要散去的灰雲」去揣摩。由詩人碧果的「背影／和冰冷的暮色重疊」時，去感受人生的茫和累。當「父親走遠後／留下濕透了的背影」後，拼湊的童年卻「更加模糊不清」。其實其中無不隱含生命不可盡解的無奈無力和人生的無常感，卻又透露了唯有當下的持握最爲可貴的哲思。

因此即使「流浪」到「盡頭」，「他最後直接走入詩人墓園／而且立刻躺成了一具空空的白」又何妨，即使「在　存在主義的幻影裡／在　演不演都一樣的虛無飄渺中」（〈終站之後——悼詩人周鼎〉），成爲「幻影」又如何？只要在生命某一當下曾感受到：

俟達達的船聲
遠遠傳來
你才會意那一抹
晦暗的留白
原來是一艘返航的漁船
搖晃在雲霧瀰漫的海天之際
——〈船影〉

張堃說「那一抹／晦暗的留白／原來是一艘返航的漁船」，「晦暗」卻「留白」，一如「陰影」緊臨著「亮光」，其實就是他想擁抱的「影子的重量」；返航的也不只是漁船，而是人人一生尋覓不得的「眞我」吧？張堃的詩的歷程，即是張堃等待的、生命本眞的返航。

卷一

車站留言板

卷二

前世今生

卷二　卡斯楚街

卷四

在世界的中央

卷五

遠行

卷六

中原詩抄

卷七

透視

卷八

靜物

卷九

古藝今詩

卷十

一束小詩：寄給離開塵世的母親

卷十一

舊址

卷十二

船影

卷一

車站留言板

（2007-2011）

圖片提供／張默

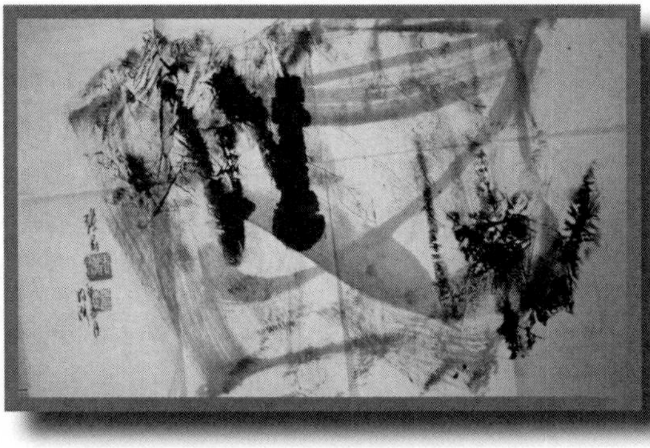

馬路

一直等到
從窸窣的腳步抽離，從
轟隆的車輛抽離，從
嘈雜的市聲
抽離

我才找到自己

二〇〇七年十一月十日《中國時報》「人間副刊」
入選中華民國筆會《當代台灣文學英譯》二〇〇九年秋季號第一四九期

歌劇某一幕

男高音一出場
就把我繃得快要斷了的
一根神經，拉到
音域的最高階
直到謝幕

我才回轉神來
舒了一口氣

二〇〇七年十一月十日《中國時報》「人間副刊」
入選中華民國筆會《當代台灣文學英譯》二〇〇九年秋季號第一四九期

車站留言板

一行潦草的字句
簡單地交代了
失約的懊悔
那則尋人啓事
像緊貼在車窗
一張剛哭過的臉
在列車駛離月台後
旋被遺忘

二〇〇七年八月三十日《世界日報》「世界副刊」

夜歸

腳步聲漸遠的巷弄
空了
靜了
只留下一抹
冰冷的月色
在電線桿下
寂寞著

二〇〇七年六月《創世紀詩雜誌》夏季號第一五一期
二〇〇七年八月三十日《世界日報》「世界副刊」

一行詩八句

人生四題

・生

在世間的旅程，沒有回頭路的歷險

・老

古樹猶記曾是一株幼苗的往事，卻忘了昨日風與雨的對話

・病

一切都入了禪境，暫時想開了

・死

走了，走遠了，也是沒有回程的旅行

風、花、雪、月

．風

感覺過後，彷彿看到前世今生的疊影

．花

因為要享有盛開的高潮，所以絕不懊悔凋謝的冷落

．雪

冷是我唯一的顏色

．月

你的意思難以揣摩，有時過於直接，有時又嫌晦暗

二〇〇八年十月五日，深圳

二〇〇八年十二月《創世紀詩雜誌》冬季號第一五七期

在星巴克一角

那幾首 Norah Jones 的歌曲
從咖啡爐緩緩流了出來

慢吞吞地拖著
整個灰色的下午

我突然消失了

留下一杯只啜了一口的咖啡
在越唱越虛無的歌聲中
冷了

苦了
更疑惑了

二〇〇九年三月《創世紀詩雜誌》春季號第一五八期

萬年青

不想住在
一隻細頸窄口的瓷瓶裡
因為
孤獨了太久
也不想站在
客廳的角落
因為
不想把我的寂寞
當成你室內佈置的
擺設

二〇〇九年九月《創世紀詩雜誌》秋季號第一六〇期

缺席者

不在場
那人成了唯一的話題
他曾坐過的椅子
現在　被
另一個演說的人
正揮弄誇張的手勢
佔據著

二〇〇九年三月《創世紀詩雜誌》春季號第一五八期

旅途

（一）

風景
迅速倒退
只有一幕幕的回憶
隨著車聲前進

（二）

望著車窗外
漸漸陷入沉思
突然一陣轟隆的錯車
把剛剛浮現的一段往事

和那張勉強拼湊出來的臉
震得更遙遠了

（三）

列車到站了
幽靈般滑進逝去的鐘點裡
在黑白電影才有的車站
短暫停靠之後
隨即拉著
早已模糊不清的揮別手影
急速駛離月台

二〇一一年十二月《創世紀詩雜誌》冬季號第一六九期

卷二

前世今生

（2008-2011）

圖片提供／張默

前世今生五帖

（一）

放晴後
屋簷上懸了許久的一滴簷溜
在遲疑的剎那間
即墜入深不見底的空無中

（二）

窗台前的牆縫
一株小草
迎著夏日慵懶的光束，迎著
微風吹來的綠意

默對庭院一大片
茂密的韓國草坪
暗忖
自己的身世

(三)

出奇的寂靜
靜得感覺到
樹影移動的聲音
聽見院落牆角
一朵小小野花
瞬間萎謝的嘆息

（四）

雨後
那排巨幅廣告
在天際轟然映現
幾隻驚起的水鳥
把湖面上
剛剛波漾的漣漪
漂染上彩虹一樣的顏色

（五）

俯看湖水中
燈火的倒影
我冷若寒冬的心情
竟頓時溫暖了起來

二〇〇八年三月《創世紀詩雜誌》春季號第一五四期

睡蓮

在似夢非夢的湖面上
輾轉難眠
我索性
自一朵蓮漪中
醒來

而輕漾的波紋
把我的情緒
無端地激盪成深藍色
藍又藍得幾乎跟
夜　一樣深

二〇〇九年三月《創世紀詩雜誌》春季號第一五八期

拱橋

故事似乎已經結束
橋上，橋下
歸於一片寂靜
此時，一輪明月
正無聲高懸完結篇的幃幕

而倒影
卻藉著煙波
幽幽渺渺地映出
續集的預告

二〇〇九年三月《創世紀詩雜誌》春季號第一五八期

風箏

我放風箏的手
後來空了
迎著漸濃的暮色
若有所失
我現在才明白
原來斷了線的音信
叫做遺忘

二〇〇九年十一月《創世紀詩雜誌》冬季號第一六一期

青花瓷

一開始
我便空著
因為我不是一個容器
我只能用全身上下泛著釉光的紋身
證明自己的存在
並且最終也證明了
空著的理由
我從來不是一個容器
只是裝飾給歷史看

我始終

空著

二〇一〇年一月二十四日《自由時報》「自由副刊」

健忘症

一直等到雨停後
伸手去收傘
才發覺根本忘了帶

而更嚴肅的是
放晴了
又四處尋找
那個在雨中迷路的自己

二〇一〇年一月二十四日《自由時報》「自由副刊」

春去，秋來

・春去

早就知道
即使送你一座花園
也不能把春天留下
而今你果真不知去向
只留下一些
似有若無的回憶
在枝椏間
枯萎

・秋來

原以為
花期還在風景中
熱鬧著
未料夏日尚未過完
秋天
就已在我心裡
飄下落葉

二〇一〇年三月《創世紀詩雜誌》春季號第一六二期
二〇一〇年三月二十二日《世界日報》「世界副刊」

三伏天

我在快要燒起來的日影裡
停下腳步
揮汗聽那句沙啞的蟬鳴
拉長了
嘶—喊—
最後斷斷續續
冒出了
火花

二〇一〇年八月二十三日《聯合報》「聯合副刊」

俳句五帖

（一）

在我的心中
也築有一座殿宇
堆滿了空虛

（二）

一隻小青蛙
撲通跳入池水中
雲影就沉了

（三）
綿密的小雨
飄灑窗外的露台
濕透了冥想

（四）
花不論顏色
深淺裝扮了季節
蔓草也是春

（五）
彩筆畫不出
整座山水的靈性
潑墨來完成

二〇一〇年十二月《創世紀詩雜誌》冬季號第一六五期

小詩四首

・小橋

路在前
揚塵在遠方單調不變的景色之後
我無心回憶往事
只有低頭俯看
自己的倒影
怎樣蜿蜒而去

•小徑

許多舊事
淡忘了
連風都不記得
怎樣把蘆葦
吹成深秋

我們一起走過的春天
也早就荒蕪了

・小溪

如果把潺潺的流水聲
聽成低泣嗚咽
你真是浪漫主義唯美派

而我衹是一名
宿命論者
沒有選擇地
日夜奔流

・小雨

你淚眼裡
浮現的一片雨景
是一場室內樂
正悠悠響起
雲與霧的二重奏
我側耳傾聽
在潮濕的聽覺裡
竟溢出了
你帶著寒意的嘆息

二〇一一年四月《新大陸詩雙月刊》第一二三期
二〇一一年六月《創世紀詩雜誌》夏季號第一六二期

素顏與幻想

（一）

舞台上
燈光漸暗
暗至僅剩下一線微弱的曙色
暗至看不清
那伶人臉上的輪廓
我只能勉強
以舊海報的印象去揣摩
一張剛剛醒來
還未及上妝的面容

（二）

電影放映中
情節高潮迭起
故事跟我寫過的幾個腳本
有多處不謀而合
此刻事件正巧沿著
我埋下的伏筆進行
我決定提前離開戲院
不想太早知道結局

二〇〇九年九月《創世紀詩雜誌》秋季號第一六〇期〈幻想〉
二〇一一年四月《秋水詩刊》第一四九期〈素顏〉

卷三

卡斯楚街

（2007-2011）

圖片提供／張默

拉斯維加斯二首

・凱撒宮

城垛上的號角齊鳴
跟歷史扯不上什麼關係
花崗石的堅硬
卻把我硬生生地推向
羅馬帝國的一隅

我負手踱步在
一座座複製雕像的陰影裡
還來不及仰望

大理石的冰冷
又把我從公元前
瞬間拉回到二〇〇六

而我剛剛與凱撒
匆匆留下的一幀合照
當然更與歷史無關了

二〇〇六年十二月二十七日

• La Femme

——2006年在MGM Grand酒店La Femme劇場，觀脫衣舞表演。

突然間
一排排面目冷漠的舞孃
在雷電閃光之中
舞踊了起來
我隨著響起的Chanson
一面打拍子，一面忖量
機械式的舞步
如何旋出
胴體的驚呼
在音樂停止之後
成為

轟
轟
隆
隆的
掌聲

二〇〇七年一月六日

二〇〇七年二月《新大陸詩雙月刊》第九十八期

富貴角幻影

沒有預告，我悄然而至
雷達站卻提早測知
我的方位
而我的來意
說不說，你應該都明白

我的來意
孤獨的燈塔
想必最懂
他的寂寞，難道
不是我的寂寞？

那年對著大海
淌下的淚水猶未乾
舊夢卻早已如流雲
難以拼湊

等海風吹亂的一頭頭髮
在泛黃的記憶中
飄成浪花一樣的雪白時
我只有告別
只有把那青澀少年的懊惱
留給燈塔去追悔

二〇〇七年三月《創世紀詩雜誌》春季號第一五〇期

淡水歸來

回程中
河海交會的煙波上
一抹尚未落盡的晚霞
始終跟著

關渡的雲霧
八里的風雨
也跟著

淡水小街巷弄裡
湊巧聽到的一首

台語老歌的哀怨尾音
一路跟著

還有那名隨興哼唱的女子
突然浮現在
黑白照的一掬笑容
更是緊緊跟著

直到
那笑容整個隱入
漸漸黯去的霞光中
列車
便到站了

二〇〇七年四月二十五日《聯合報》「聯合副刊」

車過恆春

分明取景夕陽下的椰影
沖印出來的
卻是遠處水塘的煙波
想把小鎮街景入鏡
那個檳榔西施的曖昧淺笑
又一現再現
回程路過
決定在南門前下車
一探究竟
小街冷冷清清
只有一幅貼在街角的化粧品廣告

宣傳著同一品牌的笑容
而身後搭了鷹架的城門
正看側看，都像極了
低成本的電影佈景

二〇〇七年八月十日，加州

二〇〇七年十月《秋水詩刊》第一三五期

屏東行

・久別鵝鑾鼻

從海濱棧道走來
天涯其實不遠
遠的是記憶
海角極近
只要往前再走幾步
就是時間的隘口

時間似乎不曾移動過
巴士海峽的天空

依舊橫靠在
當年藍色的仰望中

我站在起了風的斷崖上
肅然傾聽從回憶深處
傳來的浪濤聲
卻怎麼也想不透
拖著伺僂身影的白色燈塔
在夕暮中
為何比誰都要落寞?

二〇〇七年八月十日,加州
二〇〇八年三月《創世紀詩雜誌》春季號第一五四期

・萬里桐看海

海浪一波比一波高
最後衝出
數位相機的透鏡
一輪徐徐下墜
疲憊不堪的落日
便索性提早沒入海平面
讓看海的人，看得
茫然，也讓久久對著大海的鏡頭
沉默了

二〇〇七年七月二十五日，加州
二〇〇八年三月《創世紀詩雜誌》春季號第一五四期

・恆春留影

舊城走一趟
城門口繞一個彎
恍若置身在
讓人傷心的清末民初
笑容遂即時收起
換上一張嚴肅的冷臉

在那個年代
至少還有一點革命熱情
而今除了擺擺姿勢
只剩下城門的斑駁
和那抹偃地無聲的樓影

那抹也讓人傷心的
荒涼寂寞

二〇〇七年八月十二日，加州

二〇〇八年三月《創世紀詩雜誌》春季號第一五四期

卡斯楚街

霧落舊金山，霧落
我剛剛離開的小街酒館
好像耳邊還響著
男低音與鬍鬚的顫音
斷斷續續地
挑逗我白茫茫的想像
轉身回望
那面彩虹旗看不清了
窗玻璃上
我酒後寫下的「哈利路亞」

也已被襲來的冷霧
刷聲抹去

二〇〇九年五月四日《世界日報》「世界副刊」

再臨雅典

重讀了
伊利亞得，以及
又溫習了一遍奧狄賽
荷馬還是離我很遠
而蘇格拉底來回走過的市街
現在也聽不到他的腳步聲
我順著喬治王大道往前走去
憲法廣場卻大致維持初訪時的原貌

傾圮的廢墟
照常飄散著

早已熄滅的歷史灰燼
不遠處的一座劇場
路過時
偶爾也能穿越時空
聽見遊吟詩人低沉悲涼的誦歌

宙斯神殿幾乎沒有改變
斷柱殘垣依舊裝飾著
不願荒老的歲月痕跡
和往回倒退不了的時間刻度

其實用不上
柏拉圖的辯證法
時間早已將愛琴海的蔚藍
整疋注滿在

那年低垂的星空裡
只是今晚星空更低了
低到我現在伸手就可觸及
那微冷的星光
甚至擁抱
亞里斯多得也曾擁抱過的
希臘獨一無二的憂鬱

二〇〇九年九月《創世紀詩雜誌》秋季號第一六〇期

夏威夷二題

‧珍珠港夕照

望著遠方
緩緩下沉的落日
我與飄過的流雲
和幾隻貼著海面飛過的海鷗
還有那艘退了役的密蘇里號戰艦
全都沉默了起來

我移動數位相機的鏡頭
屏息拍下
那抹一九四一年的晚霞
在亞歷桑那號沉船的上空

・獨木舟

船尾漾出的一條水痕
正拖著浮映神祕圖案的倒影
緩緩划入
玻里尼西亞人
男女混聲合唱的波濤裡
一個波浪打來
把我跟著唱不上去的高音
轟然蓋住

二〇〇九年十月三十日《世界日報》「世界副刊」
二〇一〇年一月《秋水詩刊》第一四四期

過境芝加哥

枯坐候機室
書報雜誌全看累了
除了邊打瞌睡
邊幻想
還忽然記起
桑德堡的幾行詩句

隔窗望去
一片鋼鐵架起的天空
正飄著雨，飄著
煙囪排出的灰濛煙塵，飄著

只有旅人才懂的寂寞

而霧
悄悄自詩集內頁湧出
且迷漫過密西根湖
再籠罩密西西比河茫茫的河面
朦朧而去

這時，我已從一遍遍急促的登機廣播中醒來
從霧裡
孤單地走出

二〇一一年五月二十五日，加州
二〇一一年七月《秋水詩刊》第一五〇期
二〇一一年十月《新大陸詩雙月刊》第一二六期

普林斯頓印象

・卡內基湖一瞥
——Carnegie Lake

點點光影
灑落在湖水的一方
小船划過的水痕
波漾著我氳氤的想像
飛鳥低空掠過後
漣漪便靜靜散了開來
流雲附庸風雅
也掉入湖面

和一張路過旅人的臉
一起浮沉
那是我刻意留下的倒影
算是做為來此一遊的印記

二〇一一年七月十日，加州。

二〇一一年十二月《創世紀詩雜誌》冬季號第一六九期

・布萊爾拱門
——Blair Arch

我想走近一點
如此就靠歷史近了一些
彷彿這樣才能
感覺花崗石的冷
才能聽出風聲
一再重覆又聽不清的信息

在拱門的陰影裡
我取出相機
隨意拍下風景明信片上
沒有的斑駁

二〇一一年七月十四日，加州。
二〇一一年十二月《創世紀詩雜誌》冬季號第一六九期

・拿索街的夏日午後
——Nassau Street

從一幅夏日午後的風景畫
走出來
徜徉在小街上
陽光在畫裡畫外
沒有溫差
只是日影漸漸西移
不久就黃昏了
而晚霞
看上去
比街燈溫暖了許多

二〇一一年六月十八日，澤西市，新澤西州
二〇一一年九月《創世紀詩雜誌》冬季號第一六八期

卷四

在世界的中央

（2007-2011）

圖片提供／碧果

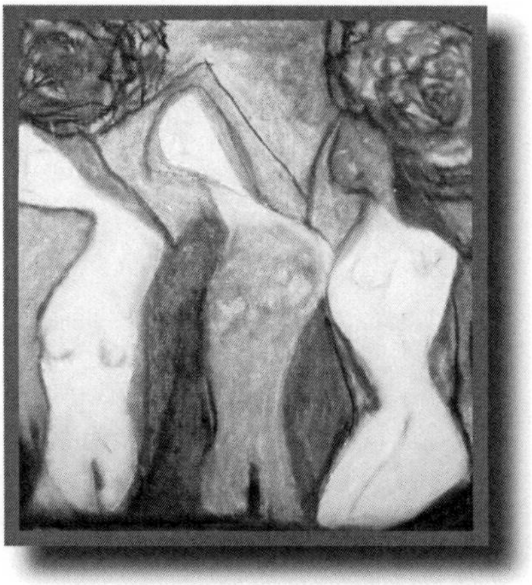

訪談錄

——和詩人紀弦通電話

話筒傳來的聲音
聽起來依然是現代派的調子
先是咳嗽了幾句
接著斷斷續續地說了幾句
沒有格律，不用押韻
也無形式
而且更自由了
只是我問的，你答的
還的確有點超現實

在掛上電話前
你說　如今
煙斗不抽，酒不喝
拐杖老花眼鏡
全都不用
耳朵也不聾
只是這個世界突然
安靜了

附註：寓居加州金山灣區的老牌詩人紀弦，年前中風後，搬離San Mateo的老人公寓，住在密爾布瑞市女兒家中安養。目前行動不便，聽力極差，飲食起居全靠專人看護。今午與紀老通電話，在他吃力的談話中。想起他昔日獨特爽朗的笑聲風采，遂不禁黯然。

二〇〇七年一月八日，加州
二〇〇七年一月三十一日《中國時報》「人間副刊」

在世界的中央

——訪現代派旗手，詩壇長青樹紀弦先生

我們來叩訪時
一切忽而緩慢下來
牆上時鐘的鐘擺
越擺越慢
窗外的流雲
也都快飄不動了
慢鏡頭一幕幕
掃過舞台

你正好午睡醒來
便迎我們
以慢動作
以微顫的寒暄
以從臥房緩步到客廳之間
即興甫成的詩句

小詩很短
僅有三行
「我坐在輪椅上
仍然像一座發電廠
始終在世界的中央」

你的確在世界的中央
只是慢鏡頭更慢了

而舞台終將漸漸地，徐徐地
緩緩緩緩地
落幕

附註：歲次丁亥年新春正月初八，風雨中由台北來的詩人方明陪同，驅車赴緊鄰舊金山的密爾布瑞市，探訪旅美多年的詩壇巨匠，九十五歲高齡的紀弦大師。紀老年前中風後，遂搬離聖馬刁的老人公寓，住在女兒家中頤養天年。回想過去與紀老歡聚暢飲，並聽渠放言高歌的情景；對照今日老邁孱羸的形樣，一種嘆喟歲月流逝的感傷，油然而生。詩中的小詩三行，係借紀老早年作品〈致詩人〉仿造而成。

二〇〇七年三月二十五日《聯合報》「聯合副刊」

人物素描六幅

——現代女詩人側寫

（一）

七月的南方
已經很喧鬧了
而你白色的睡卻是如此寧靜
這一站或許不到神話
但用你吳儂軟語來重唱
維納麗莎組曲
那隻青鳥
可以永遠不老

（二）

從最初側影的暗示
投射到窗的感覺
內心深處的密碼
不容輕易破解

坐在飛翔咖啡屋的人
把自己上升到
比雲層更孤絕的高處
去看曦日

（三）

顏色由淺而濃
秋天在水的一方

淒迷成一波波的煙塵彩繪
織虹的人挽著紫色香囊
飄逸而來
依舊是一身薰衣草的色澤

（四）

行囊背包比人重
頭髮比染白了的蘆葦花要白
異國情調的鄉愁
又比湄公河的霧色更濃
當夜綻放如花
始量出最近的台北
竟比巴黎還遠時
她說的法語
便毋需全懂了

（五）

水蕫花的哀愁
一再被渲染
最後被溪水載走
留下一抹幽幽香氣
就讓畫荷的人傷心落淚

而天河的水聲
聽來始終寂寞
至今，秘密只有繆思知道

（六）

那位從舊詩詞裡
顯出隱入的巾幗俠士
現在到底歸藏何方？

不管今生的圖騰為何
古典的洵美註定要在
現代的情關
無止境地苦苦輪迴

二〇〇七年十二月《創世紀詩雜誌》冬季號第一五三期

燕屋小聚（二〇〇七年仲夏，屏東）

——寄沙穗

一進門
還來不及寒暄幾句
就直接走入一幕幕
不同場景的歷歷往事中
東港的烈日，岡山的夕陽
交錯著枋寮的海風
直到燕姬和貞貞
頻頻催喚
才把我從那年澎湖冬日

漫天的風砂中
瞬間召回至
客廳小坐

我們的話題
就從一壺熱茶開始
直到一屋子的詩意
如茶香滿溢
又比茶濃

我忽然回憶起
你早年問我的一句話
一生中能有幾次小聚？
遲至今日我才覆你：

聚一回，算
一回

二〇〇七年九月十四日，加州
二〇〇八年一月《秋水詩刊》第一三六期

謝幕

——懷帕華洛帝（1935～2007）

謝幕後
燈光黯去
舞台空寂無聲
大胖子走了
大鬍子走了
你在時間停頓的一剎那
仍然緊抱永恆的旋律
在空氣瞬間凍結時
仍然堅持唱完

那齣最後的詠嘆調
把一切的浪漫唱成絕響
大胖子，大鬍子
明知你已經迎風揚起
那條你慣常揮動的白絲巾
隨著你自己的高音走了
但是我們寧願相信
謝幕後
你還站在舞台上
未曾離去

二〇〇七年九月十日，加州
二〇〇八年三月《創世紀詩雜誌》春季號第一五四期

翁山蘇姬（Aung San Suu Kyi, 1945-）

我寧可相信
你的世界沒有改變

駛向人民的鎮暴裝甲車走了
駛向人民的坦克走了
那些持槍對著人民的軍隊走了
一輛輛救護車呼嘯著來
又呼嘯著去
不肯離開的示威群衆
最終還是散了

此時連飛鳥都已飛得夠遠
流雲也愈飄愈高
只有你選擇留在自己的故鄉

我寧可相信
你的世界沒有改變
僧侶來了一批又一批
一聲急接著一聲慢的誦經
聲聲都敲響了
寺院的空門
就是超渡不了
革命委員會的亡魂

你選擇留下
就等於選擇了監牢

在軟禁中
誓死捍衛你最後的人權
四月潑水節已過
眼見酷暑將至
仰光河畔原已夠瘦的柳枝
不知怎樣搖曳著你孤獨的身影

就算你幾乎被遺忘
你總忘不了
伊洛瓦底江滾滾流水上
緩緩升起的朝陽
也忘不掉
依舊沉默不語的祖國
以及

大金寺響過一陣
又戛然止於岑寂的鐘聲

除了昔日的 Burma
改成了 Myanmar
緬甸終歸還是緬甸
你，還是
永遠的翁山蘇姬
我寧可相信
你的世界沒有改變

二〇〇九年七月七日《自由時報》「自由副刊」
二〇一〇年三月選入《二〇〇九台灣現代詩選》（春暉版）

達賴喇嘛十四世

（14th Dalai Lama, 1935-）

我是活佛
我是轉世靈童
錯不了
我曾叫做拉莫頓珠
後來改成丹增嘉措
也錯不了
問題在我要的不多
只要一間容身的小禪房
你們卻給了我一座大昭寺
我真的要的很少

只要一個平凡的童年
你們卻給了我一個西藏

我是僧人
我是紅衣喇嘛
錯不了
我曾流過血打過仗
後來遠走他鄉去了達蘭薩拉
也錯不了
只不過從青海到拉薩
又輾轉來到喜瑪拉雅山麓
這一路走來
未免太遠　太難　太險

而今離家久了
鄉愁偶爾在誦完經後
在輕煙中升起
也總在吃飯時間
想起老家
我常說糌粑不香
酥油茶不濃
青稞酒也沒有家鄉的夠勁

佛法無邊
我的智慧深似海
可是我錯了
我早已修成
一尊觀世音菩薩的化身
也錯了

所有的疑問
全都不需要答案
正如否定句之前
也不必有一個請求句
比方
還我布達拉宮
或者
讓我回家

二〇一〇年十月二十日《自由時報》「自由副刊」

卷五

遠行

（2007-2011）

圖片提供／碧果

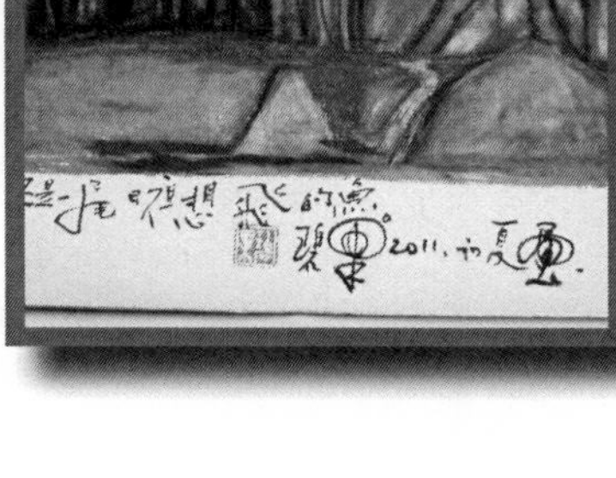

寄秦松（1932-2007）

他走了
不告而別
這要從他的畫說起
他看似站在圓中
其實立於方外
一如他常常在畫中疾走
又往往溜到畫外緩步

所有的線條與色彩
全都齊備了

只缺一點靈感
畫大致上畫好了
只差最後一筆

僅僅沉思片刻之後
一幅畫轉瞬間便完成了
題詞落款用印
絕對一氣呵成
快得超出想像
他的即興離去
也就不意外了

他走了
不告而別
只留下自己

在畫裡，也在畫外
抽象著

二〇〇七年四月二十日，加州
二〇〇七年六月《新大陸詩雙月刊》第一〇〇期
二〇〇七年九月《創世紀詩雜誌》秋季號第一五二期

遠行

——懷大荒（1932-2003）

別後
那封原僅寫了一半的信
始終未能續完
想打一通電話給你
你又走得那樣匆促
未及留下你要去的地方
新裝的電話號碼

不是說好
下回在你師大路的書房

讓我捧讀你史詩長卷的初稿
怎麼竟輾轉聽到
你已遠行的消息

知道你搭乘「夕陽船」
走了三年多了
早已安抵港埠了吧
該不是「在誤點的小站」耽擱
延誤了旅程
不然為何至今音信全無？

別後
世界沒有改變
布衣詩人的名號
如今鮮有人再提

你的詩集
則安靜地靠在書架上
只是朋友一個個更老了
聚會時你常坐的位子
空了

你去的地方
有電腦或手機嗎？
我想把新寫的一首
懷人小詩
用電郵
急件傳給你

二〇〇七年夏天，加州

二〇〇七年十月《新大陸詩雙月刊》第一〇二期

別了，商禽（1930~2010）

從來沒有人
去測量天河的斜度
也沒有人
真的去探究一張歪了的嘴
曾幾何時竟歪成
禽鳥起飛的仰角
雖然帕金森症
預告了你將遠去的信息
還是沒有人
願意相信你就是

傳說中的那隻鴿子
說飛就飛
而且飛了便一去不復返
難道這也是你超現實的手法
以傳統唯一的方式
告別人間？

沒有人曉得
你現在飛到哪裡了？
此刻，在重讀你的詩集
默誦你奇詭冷冽的詩句時
我們都知道
你早已越過夢或者黎明
越過逃亡的天空
在比超現實還要現實的世界裡

卸下了一切（包括翅膀）
自由自在地
任你飛翔

二〇一〇年八月二日，加州
二〇一〇年八月二十五日《中國時報》「人間副刊」

終站之後

——悼詩人周鼎（1931~2010）

一生中
他祇演了一齣荒謬劇
儘管有些走樣
落幕時也沒有掌聲
他留下的回憶
何止寂靜

過站不停
到了站又忘了下車

走出車站
才驚覺漂泊到陌生的異鄉
也許只是一場夢
夢也會跟著不斷流浪

流浪總有盡頭
他最後直接走入詩人墓園
而且立刻躺成了一具空空的白

他有許多偶然
但宿醉是唯一的必然
以徹底的遺忘
在　存在主義的幻影裡

在　演不演都一樣的虛無飄渺中

在　終站之後

二〇一〇年十一月十日，台北

二〇一一年三月《創世紀詩雜誌》春季號第一六六期

卷六

中原詩抄

（2008）

圖片提供／碧果

中原詩抄（二〇〇二年夏天）

・函谷關一隅

戰鼓已止
硝煙已息
見不到戌守邊塞的巡邏斥堠
登樓遠眺仍不禁要問
千百年來
熙熙攘攘的過客
全去了哪裡？
留下的故事
由誰來評說？
春秋戰國的風
果真不一樣

轟隆響了一陣
如疾奔而來又遠去的快馬
我佇立在關樓樓影裡
回首仰望
只見
那盞不知何朝何代的夕陽
悄悄掛在飛簷上
在風中
上下晃盪
而古道遠處的車塵
似乎落不盡
始終飄散著
史書未曾記載的
灰灰濛濛的孤寂

二〇〇七年一月十二日，加州

二〇〇八年三月《創世紀詩雜誌》春季號第一五四期

・龍門石窟

一尊尊石像列隊
以詭異的立姿
冷冷地和我打招呼
我放緩步子，拾級而上
不知問誰，那些不見了的顏臉
到底藏在哪裡？
突然驚聞一聲
悽厲的呼喊
迴盪在斑駁的青石巖間
是孤魂的喊冤嗎？
還是哪一顆死不瞑目的頭顱
喊痛？
我定了定神

俯看山下靜靜的伊水
始終佯裝無事地流著

二〇〇七年二月十二日，加州
二〇〇八年三月《創世紀詩雜誌》春季號第一五四期

‧琵琶行

——雨中謁白居易墓

也許你早就忘了
那年秋夜，在潯陽江邊
巧遇的歌女
也許你也記不清
你曾寫過的詩句
原本急急下過的雨
停了之後應該就放晴了
詎料我們讀到你的
「大絃嘈嘈如急雨，
　小絃切切如私語。」
雨便嘩嘩落個不停

而剛剛聽來的琵琶彈奏
又在林蔭　草叢
山坡上　山腳下　涼亭側
墓塚前
忽遠忽近地響起
雨一時停不了
我便來回踱步在
你的詩篇裡
去還原
那名撫琴而歌的女子
並且以一句嘆息
去答唱
你淚濕青衫的低吟

二〇〇二年八月二十日，洛陽旅次
二〇〇七年二月二十三日，加州定稿
二〇〇八年三月《創世紀詩雜誌》春季號第一五四期

・洛陽小吟

原想在大唐絲竹聲中
前來尋覓這九朝古都的遺韻
無奈牡丹花期早過
故人也遠行未歸
我只好從白馬寺出來
閒步在梧桐葉遍地的市街
去看早秋的夕暮
怎樣在河南梆子的長吁短嘆中
沒入悠悠洛水的一方

二〇〇七年三月十五日，加州
二〇〇八年三月《創世紀詩雜誌》春季號第一五四期

卷七

透視

（2008-2009）

圖片提供／林煥彰

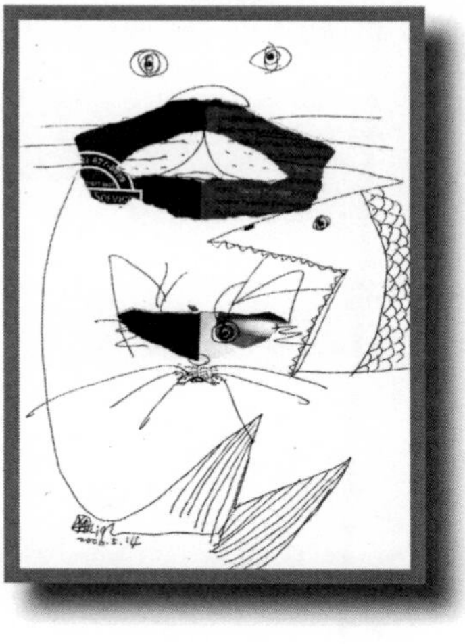

模特兒

踏著機械式的步子
在伸展台上
昂首走來
燈光下
瘦得快要飄起來的軀體
如一隻想飛而飛不動的彩蝶

再走進一步
便訝然發現
虛無的眼神
竟也是一款新潮設計

而那襲低胸禮服
究竟是流行
還是復古
我已無心去理會
只專注一張冰霜的臉
在攝影機的牽引下
快速溶進寒冷的冬夜
而後臉貼靠在
巨幅的廣告牆上
繼續地冷漠著

二〇〇七年四月十五日《中國時報》「人間副刊」

水族箱

你款款游來
貼近我注視的角度
向我表達一個閃爍的問候
寬厚的魚唇上下啓合
輕吐的語字
在水中冒出圈圈氣泡
我有點猜不透你的意思
於是湊身向前仔細辨識
而你睜大了眼珠
狀似無奈
最後索性不說

在你軟軟的尾鰭擺動間
我恍然讀懂
你符號般的手語
原來你隔著
一層透明玻璃
望見牆上一幅
波濤不意湧出畫框的夕照
頻頻詢問
大海那邊
久無音訊的消息

二〇〇七年三月二十三日，加州
二〇〇七年九月《創世紀詩雜誌》秋季號第一五二期
入選中華民國筆會《當代台灣文學英譯》二〇〇九年秋季號第一四九期

病房M-3

——聖・約瑟夫紀念醫院的一晚

比窗外孤懸的一輪斜月
還要蒼白的鹽水袋
在時鐘機械式的呻吟聲中
滴落成一條深夜的小河
潺潺流向我
稀薄又帶涼意的月光
整晚浮漾在床沿
而不慎掉落一地的藥片
在河面上

激起一圈又一圈
小小的漣漪

二〇〇六年三月五日，加州士德頓市
二〇〇八年三月《創世紀詩雜誌》春季號第一五四期

高速公路

以八十英里時速
奔馳在一時無聊的思緒上
反覆想著
時間在速度之中
還是速度在時間之內
一座路標
迎面撞來又閃去
才隱約察覺
走錯方向
而兩旁刷刷而過的風景
把我重重地

向
左
右
推開
眼見快要到達目的地
一個疏忽
又錯過一個出口

二〇〇七年三月十三日，加州

二〇〇八年三月《創世紀詩雜誌》春季號第一五四期

紅樓劇場

換過新裝後
不禁讓我難過的
絶非外表的庸俗，亦非
時序的滄桑
而是老人癡呆症
他已完全忘記自己
也曾年輕過
風光過以及
漸漸凋零的歷程
而今他穿上一套
改了又改的舊西裝

在西門町原來的老街角
一臉風霜
又茫然地站著

二〇〇七年八月二十五日，加州
二〇〇八年三月《創世紀詩雜誌》春季號第一五四期

野山櫻

知道花期
來得快，去得急
我便匆匆趕在黃昏前赴約
去感覺你怎樣信守
曾經許下的諾言
知道花期
短暫而熱鬧
卻萬萬沒有料到
你竟把我早已冷卻的心
瞬間燃燒成一片花海
且將久藏的祕密

恣意輝映成
一抹夕陽
此外還襯上一束
只有我才能會意的霞光
以及
另一種近乎憂鬱的
深紫暗紅

二〇〇九年五月二十七日《自由時報》「自由副刊」

透視

一面鏡子
悠悠自暗室醒來
湊不成形的影子
沿著牆壁滑落
消失在另一個黑暗中

他夢見
浴後的自己
根本還留在鏡框裡
全身赤裸
竟和一個陌生的影子

擁抱
那早已不存在的
夜

二〇〇九年六月《創世紀詩雜誌》夏季號第一五九期

卷八

靜物

（2008-2010）

圖片提供／林煥彰

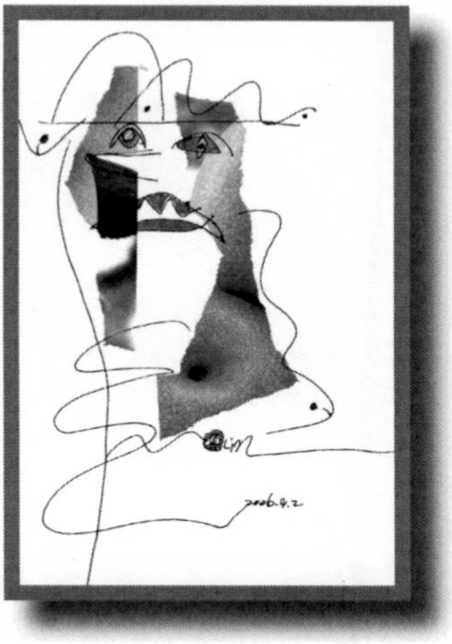

靜物四帖

・帖一

年輕時
不知如何才能
走進畫裡
去感覺那些女人的愛與恨
如今我從畫裡出來
帶著繽紛的色彩
向絢麗的黃昏走去
而她低頭撫琴的側影
看來依舊那樣害羞
只是蒼老了許多

•帖二

餐桌上擺的
還是那隻瓷罐
陶壺花瓶依然側靠在一旁

時間始終停留在十九世紀

十九世紀的冬日陽光
悄悄移過
桌面上的水果盤之後
一股淡淡幽幽的酒香
便似有似無地
瀰漫著

‧帖三

昨晚纏綿一夜的
大溪地女子
送來一束新摘的熱帶花卉
就順手插在花瓶裡
調情用的曼陀林
則閒置一旁

我專注傾聽
遠方傳來一聲高一聲低的
玻里尼西亞民歌
縱任南太平洋鹹鹹的海風
吹濕並且吹亂
我的想像

・帖四

一壺茶，二只杯子
一杯斟滿茶水
另一只空著
也許久等的人爽約，也許
主人只想獨飲一個
寂寞的下午
誰知道呢？
但我猜
茶已冷了
心情則像杯子一樣
空著

附註：「靜物」一輯四首，係一連欣賞幾幅油畫「靜物」有感而寫的小品。這些畫家依次分別為克林姆特、保羅塞尚、高更與莫內。

二〇〇八年六月五日，深圳

二〇〇八年九月《創世紀詩雜誌》秋季號第一五六期

郵筒

（一）

我是當年用限時專送寄出
一個羞怯承諾的少婦
投郵後就懊悔了
果然經過幾番歲月
又幾番風雨
我現在已經習慣了
年復一年的落空
沒有祝福
也沒有一句問候

甚至只有
廣告印刷品的嘲諷

（二）

她一直站在街角
當初偷偷寄信的秘密
沒有人知道
有一天
我無意間路過
驀然想起
一封塵封已久的來信
迄今遲遲不敢回覆

二〇〇九年六月三日《中國時報》「人間副刊」

秀陶失蹤

電話不通
手機的語音信箱
留了話也沒有消息
四處打探你的去向
下落始終不明
閣下寄居的老人公寓
救護車頻頻進出
怕你一夜宿醉
誤被抬走
經查全係去了太平間
而你幸未列入名單
僅僅「一杯熱茶的工夫」*

整個洛杉磯遍尋不著
你的落腳處
難道你已隨一縷「髮香」*
在「白色的衝刺」*中文迷失了？
此刻除了在你的詩集裡
繼續查訪
還準備在詩刊的扉頁
刊登一則尋人啓事：

那個一面喝酒，一面聽巴哈；
左手譯里爾克，右手寫散文詩的詩人
如今你在何方？

二〇〇九年三月二十日，加州
二〇〇九年四月《新大陸詩雙月刊》第一一一期

---

*均為秀陶作品

新北投的那條小街

——寄碧果

走過街角
路面依稀飄散著
那年新鋪柏油的氣味
我回頭　望去
公車站在黃昏中
冷清了
路燈
茫然了
街樹
站累了

而當那人的背影
和冰冷的暮色重疊時
小街的夜
就真的很老了

二〇〇九年七月四日《中華日報》「中華副刊」

文德路巷子

——寄張默

一條巷子
走了幾十年
他從不知道用算術
也能算出一個必然性

安徽鄉下的泥塵
南京的煙雨
左營的夕暮，以及
澎湖的潮汐

不等於

社區公園散步
郵局寄信，以及
再遠一點的咖啡館
閒坐一下午

不等於

一條走了幾十年的巷子

然而
這些加起來
和走過萬水千山的總合
乘上吟白了多少歲月的詩句

再除以
那人漸漸老去的身影

等於

一條巷子走了幾十年
最終走成了
詩人之巷的必然結果

二〇〇九年九月十三日《中華日報》「中華副刊」
二〇一〇年九月一日《爾雅出版社》「讀一首詩吧！」（隱地著）

廣場

（一）

影子
沒有想像陰暗
堆積得愈來愈厚的鴿糞
也僅僅添上一層
帶著訕諷的灰白色
只是銅像
站久了
憔悴了

（二）

噴水池
以不同的姿勢
去擁抱風箏
擁抱鴿子
擁抱蜻蜓蝴蝶
甚至緩緩飄過的流雲
結果
抓回一把自己
還有
響個不停的水聲

（三）

風吹過
雨打過

青苔爬過
到了晚上月光摟過
斑駁的紀念碑
漸漸蒼老
最後在大理石冰冷的感覺中
不朽了

二〇一〇年一月十四日《中國時報》「人間副刊」

在梵谷自畫像旁小立

——二〇〇九年秋天在華府美國國家美術館

和你併肩望向
一群疲累的烏鴉飛過小麥田
天色就暗了下來
暗到幾乎接近傍晚的能見度
背後的一排絲柏
在暮靄煙波中
緩緩扭動了樹梢
和灰雲糾了一個結

一路上你話說得不多
要說的幾句話
其實不說我也明白
只是你提到的那幾個吃馬鈴薯的人
到底在控訴，還是彼此取暖？
那盞昏暗的煤油燈
說得夠清楚
快步走過懸著空虛的吊橋
那座鄉間教堂的鐘聲
正巧響了
風琴也奏了起來

我傾耳細聽
隱約還能聽出
遠在聖瑪迪拉莫海邊的漁船

斷斷續續的返航汽笛
此時，你示意
前面就是老磨坊
再走幾步路，穿過對街
便是你常去買醉的小酒館

跟著你走馬看花
不知不覺來到你在阿爾的住家
臥室確實小了些，簡陋了些
好像還散發著一股十九世紀的霉味
正要轉身離去又聞到
從你靜物畫裡
飄出的陣陣花香
趁我停步凝思
你竟不告而別

我只好沿著來時路
順著橄欖樹林的方向走去
小徑兩旁的鳶尾花
靜靜地藍著
今晚星光閃爍不停，也靜靜地藍著
夜晚露天咖啡座已經打烊
人散歌歇
只剩下寂寞的風
來回掃著小街的夜

突然間，我聽見幾句輕咳
轉身一看
原來你已早我一步回來了
回到美術館長廊的一個角落

回到你自己的畫裡
一身杜松子酒味
伴著煙草味
還有油彩畫不盡的
孤寂的味道，憂傷的味道
我靜立一旁
端詳你削瘦的倦容
看著，看著
從你深陷的眼睛裡
看到一幕繁星低垂的夜空
正向我漸漸
逼近

二〇一〇年一月二十四日《中華日報》「中華副刊」

與羅丹一起沉思

——二〇〇九年秋天參觀美國國家美術館——Washington, D.C.

靠近你
近到稍一傾身
就能感覺你大理石冰涼的體溫
伸手撫摸你全裸的身軀
金屬的心跳
竟與我的脈搏
同一頻率

近距離
與你一起沉思
時間驟然停頓在
你刀斧鏤刻的雕痕裡

與你一起沉思
歷史在我們相會的剎那間
真的停了下來
而你想的
和我想的
究竟有何不同？

你弓身托腮
百年苦思不語
我忍不住一問再問

你的痛苦
難道就是我的痛苦？

追問最終還是沒有答案
我只好緊靠著你
在青銅打造的沉默中
回過神來
且將滿手的銅銹
抖落一地

二〇一〇年二月《新大陸詩雙月刊》第一一六期

卷九

古藝今詩

（2011）

圖片提供／林煥彰

煎餅磨坊的舞會

皮耶-奧古斯特・雷諾瓦（Pierre-Auguste Renoir 1841-1919）的畫作
Dance at Moulin de la Galette, 1876.

蒙馬特的星期天午後
煎餅磨坊
正開著舞會
我擠身在
喧鬧的人群中
喝一八七六年的香檳
聽十九世紀的流行音樂

在邀一些仕女共舞之前
無事好做
除了跟著圓舞曲的旋律
打打拍子
只有四處張望
雷諾瓦本人是否也在場

二〇一〇年九月《創世紀詩雜誌》秋季號第一六八期

藍騎士

瓦西里・康定斯基（Wassily Kandinsky 1866-1944）的畫作
The Blue Rider, 1909.

藍色的下意識
混合著
一點抽象的憂鬱
橙黃色的風
迎面吹來
他正頂著紅色的天空

馳騁趕赴
一個色彩繽紛的盛會

二〇一〇年九月《創世紀詩雜誌》秋季號第一六八期

裸婦

亞梅迪歐・莫迪里安尼（Amedeo Modigliani 1884-1920）的畫作
Female Nude, 1916.

我把身體
渾身上下都讓你看遍了
你還是不懂
我的意思

其實我的睡姿
幾乎透露了
暗藏的心事

你千萬不要再問
愚妄的問題

二〇一一年九月《創世紀詩雜誌》秋季號第一六八期

馬背上的兩個小丑

馬可・夏卡爾（Marc Chagall 1887-1985）的畫作
Two Clowns on Horseback, 1920.

我們演出
昨晚夢中的自己
在不斷響起的掌聲裡
猛然想起
我們在夢中
也這樣騎著馬
以幽默
談著戀愛

用近乎憂傷的詼諧
取悅自己
開人生一點點玩笑

二〇一一年九月《創世紀詩雜誌》秋季號第一六八期

敞開的窗口

皮埃爾・波納爾（Pierre Bonnard 1867-1947）的畫作
The Open Window, 1921.

窗戶打開的瞬間
微風與陽光刷聲溜了進來
青翠的景色
隨即湧入室內

整個春天
就在屋子裡

或坐

或躺

盎然著

二〇一一年九月《創世紀詩雜誌》秋季號第一六八期

戀人

胡安・米羅（Joan Miro 1893-1983）的畫作
The Lovers, 1935

他們相愛
如觸高壓電般
達達了起來
非但在變形的夢境之中
還原了本來面目
更在超現實的幻影裡

顛覆彼此
最後
解放了

二〇一一年九月《創世紀詩雜誌》秋季號第一六八期

卷十

一束小詩：
寄給離開塵世的母親

（2011）

圖片提供／管管

告別

去年春天
我們一起在雨中賞花
妳欲言又止
心事都迎著斜斜的細雨　飄散了
那些說了又說的陳年往事
突然不再提起
妳說　就讓落花隨風而逝

去年春天
我們一起在陽台看晚霞
看那顆出奇安靜的夕陽

怎樣緩緩滑落天際
落日餘暉為何特別沉默
妳說　就讓夜色來說清楚

我問難道是無言的道別
妳笑而不答
轉身只見暮靄蒼茫湧來，只見
妳滿眼嫣紅的繁花
在霞光裡
盛開著一片寂然

後記：去年年初，我專程返台陪伴獨居的母親，前後兩個多月，那是我們母子最快樂的一段時光。一如往昔，她一再訴說的陳年往事，不論歡樂或者眼淚，總是照例地重覆著；說實在，那些說不完的回憶，確實是她晚年不可或缺的糧食。

母親多愁善感，也許她自知年老多病、來日無多，到我要離開的前幾天，竟沉默不語，但我已然感覺，我們在斯時便相互告別過了。
一年後（二〇一〇年一月十三日），母親溘然離世。
在和她共度的最後一個黃昏裡，我見到一生中最美的夕陽。

二〇一〇年四月十四日《中華日報》「中華副刊」

夕陽已冷

從妳陽台望去
最後幾年的落日
一年比一年沉重
妳卻說
一年比一年輕了

我不解
落日何以變輕
難道妳早就看到那抹晚霞
已燒成了灰燼？

從妳陽台望去
陪伴妳的晚風不再吹起
流雲也不再飄浮
夕陽真的冷了之後
孤星滅了
寒月沉了
陽台外
除了不醒的永夜

空了

二〇一〇年五月十日《世界日報》「世界副刊」
二〇一〇年七月《秋水詩刊》第一四六期

電話

戶籍除了
屋子空了
再也熟悉不過的電話號碼
竟然是空號
我不信打錯電話
試了又試，撥了又撥
鈴聲響個不停
從入夜一直響到天明
最後嘶啞了

二〇一〇年五月十八日《自由時報》「自由副刊」

嫁妝

妳的嫁妝
我從未見過
妳講的故事卻聽過數回
故事有幾個說法
全都讓我感傷
而我尤愛三十年代小說的版本
因為那些嫁妝
似曾相識
不在我們一起看過的黑白電影裡
就在妳珍藏的回憶中
靜靜塵封著

二〇一〇年五月十八日《自由時報》「自由副刊」

繡花鞋

不知尺寸不合
還是捨不得穿
這雙簇新的緞面繡花鞋
始終未見您穿過
臨行匆匆也忘了帶走
據說託夢一定要鞋來帶路
所以我不放在鞋櫃
也不藏在衣櫥
窗台床前似乎皆不宜
只好擺在您的畫像前供著
如此就容易認路
且不至於迷路

錦緞旗袍

早已不穿的一襲絲質旗袍
曲線尚在
粉香猶存
只是主人永別
而失魂落魄地吊掛在衣架上
緞面刺繡的一對鳳凰
也都雙雙哭紅了眼
且準備跟著
翻騰歸去

梳妝台

愛美的母親一再埋怨
這面鏡子實在太舊
照得皺紋既密又深
滿臉的老人斑
越看越老

後來我說了一個聽來的傳說
有些梳妝台會跟著主人漸漸老去
母親自此便不再化妝
直到母親的容顏
真的隨著鏡子的折射光

消失了
堆滿藥罐子的梳妝檯
也真的朽死
只空留一具軀殼
覆蓋著越積越厚的灰塵

二〇一〇年六月《創世紀詩雜誌》夏季號第一六三期

媽媽，對不起

在車站
我們曾隔著車窗
頻頻揮手
在機場
也曾隔著登機閘口
不住揮手
每次離別都是妳淚眼相送
千言萬語只有一句
保重

這回送妳
妳一直微笑，不再哭了
我一直跪著，不再揮手
千言萬語也只有一句
媽媽，對不起

二〇一〇年七月《秋水詩刊》第一四六期

卷十一

舊址

（2010-2011）

圖片提供／管管

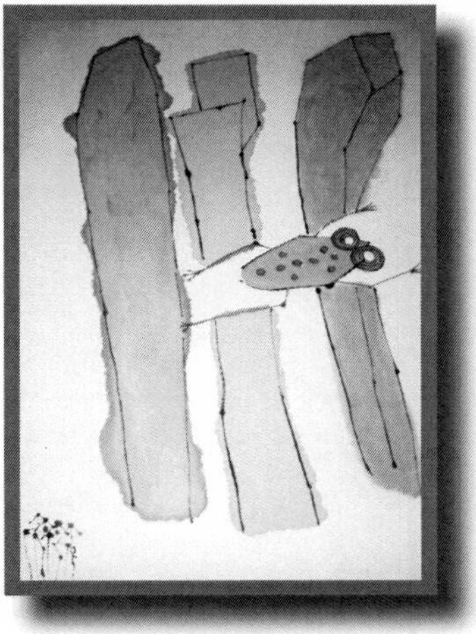

散步小集

・

曾經奔走於大江南北的腳
現在漫無目的地走在
行人道上

鞋聲輕了許多
拖在身後的影子卻重了

・

為了追蹤最後一片晚霞的去向
自己卻走失了

直到把黃昏踩出
滿天的繁星
才找到黑夜的歸途

•

獨行
其實並不完全正確

一朵閒雲跟著
飛鳥跟著
盈耳的微風
也跟著

還有拐杖
始終不離不棄地
跟著

•

邊走邊想心事
和迎面邊走邊打手機的女人
擦身而過
剛剛好不容易
才想出的絕紗詩句
竟霎時被那縷劣質香水
攪得有點俗氣
又嫌幼稚

二〇〇九年十二月《創世紀詩雜誌》冬季號第一六一期

懷念父親的詩

・那年雨季

回憶起來
也僅僅止於潮濕的印象而已
皮球濕了
書包濕了
紙船紙飛機全都濕了
而父親嚴肅的笑容
好像從沒乾過
我隔著霧氣重重的窗玻璃

全神貫注地去拼湊童年
朦朧的雨景
更加模糊不清
只看見
父親走遠後
留下濕透了的背影
在深巷盡處
在雨聲中

二〇一〇年八月十三日，加州
二〇一一年二月六日《聯合報》「聯合副刊」

・派克鋼筆

打翻墨水瓶
爸爸沒有罵人
還說不要用他的派克鋼筆
在藍天和大海上寫字
要寫就寫在白雲
或者浪花上

我沒有聽話
調皮的手又沾滿墨水
在貪玩中
不小心染藍了
一小塊兒時的記憶
而白雲和浪花

至今也還是
一片空白

二〇一〇年十二月《創世紀詩雜誌》冬季號第一六五期

・搖椅

搖啊搖，搖到外婆橋

醒來才知道
我坐過的小船
看見的風景
聽到的櫓聲
還有遠處傳來熟悉的童謠
全是幻境而已

搖啊搖，搖到外婆橋

我一上岸
就醒了

醒在父親陳舊的夢裡
夢裡
只有一把搖椅
靜靜地、慢慢地搖著
搖啊搖，搖到外婆橋

二〇一一年二月三日，加州
二〇一一年六月《創世紀詩雜誌》夏季號第一六七期
二〇一一年六月二十七日《中華日報》「中華副刊」

・老花眼鏡

戴上父親留下的一副
從前嫌度數太深
如今又早已用不上的老花眼鏡
讀報
讀小說
讀唐詩宋詞
愈讀聚焦愈模糊

而從抽屜裡翻出來的一封舊家書
讀到最後
只見自己走入信裡
在朦朧不清的字句中
和父親重逢

二〇一一年二月十五日，加州
二〇一一年六月《創世紀詩雜誌》夏季號第一六一期
二〇一一年五月十九日《中華日報》「中華副刊」

舊址

遍尋不著來時路
只有憑著童年的印象
四處去找
一個夢
一個捉迷藏曾經躲過的角落
才走了不到幾步
在一張黑白
與彩色重疊的街頭海報裡
頹然迷了路
好像從未來過
這條街，也從未穿過

這條巷弄
彷彿昔日釘在門牆上的
門牌號碼
在流逝的歲月中
只是一塊斑駁的錯覺

二〇一〇年四月十一日《世界日報》「世界副刊」
二〇一一年五月十五日《葡萄園詩刊》夏季號第一九〇期

旋轉木馬

和你一起騎馬
在一望無際的草原
迎風奔騰
你追趕一個遙遠的夢
我快馬加鞭
去尋找童話故事中
失蹤的童年

轉著轉著
只一轉眼
你已越過了斷崖
我也翻過了山崗

轉著轉著
就這麼過了天涯
又轉過了海角

我不打算告訴你
我們在半途
其實已經碰過面了
因為你一定不懂
更不相信
我們怎麼會在那首熟悉的兒歌裡
不期而遇
因為我確實也分不清
到底和你
還是和失散的自己
意外重逢

二〇一一年五月二十五日《自由時報》「自由副刊」

獨居老人十四行

壁燈昏暗的光線
搖搖晃晃
那人半夜起床上廁所的身影
跌跌撞撞
忘了關掉的收音機
正在播送小夜曲
聽不出是莫札特還是舒伯特
抽水馬桶的漏水聲
滴滴答答
搶著打拍子，奏個不停
取下助聽器後

音樂戛然而止
最後連自己的咳嗽
都聽不見了

二〇一〇年十月一日《聯合報》「聯合副刊」
二〇一〇年十二月二十日《世界日報》「世界副刊」

某部電影散場

銀幕上
還在跑著演員表
燈光也未完全亮起
觀衆卻早已紛紛離座
只有他太入戲
不肯離去
他留在劇情裡
看自己由座位上
站起來
慢慢走向
一再重複的主題曲中

走進故事的結局

二〇一一年十一月九日《自由時報》「自由副刊」

卷十二

船影

（2010-2011）

圖片提供／管管

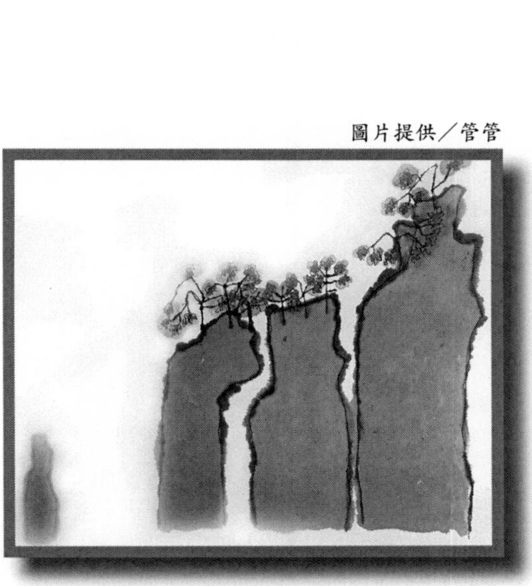

洗臉記

·

一邊洗臉，一邊
想著昨晚夢中的對話
嘩嘩的水聲
在耳畔響了一陣
還是聽不清楚

·

我在鏡子裡
對著鏡子外的自己
左右各扮了一個鬼臉

童年的嬉笑聲
遂即由遠而近響起
由鏡子內一直響到鏡子外

•

嘆息時光流逝匆匆
未免太不切實際
只好埋怨
所有用過的洗面乳
何以把這張臉
越洗　　越老

•

洗淨了污垢
也洗去了淚痕

而那殘留的一臉哀愁
卻也怎麼洗
都洗不掉

‧

皺紋為了調侃歲月
在臉上越陷越深

我怕玩笑開得過火
每當洗完臉後
就不忘搽抹除皺面霜

誰知道最終也只是
一齣惡作劇？

二〇一〇年三月《創世紀詩雜誌》春季號第一六二期
二〇一〇年六月《新大陸詩雙月刊》第一一八期

聽潮

潮音一波波
由遠而近
又由近而遠
像電晶體收音機裡
短波電台的新聞節目
電波忽強忽弱
怎麼聽
就是聽不明浪濤傳來的消息

一夜下來
我聽累了

最後
只隱約聽出
大海藏青色的長吁短歎
以及一波波
語焉不詳的傾訴

二〇一〇年六月八日《自由時報》「自由副刊」
二〇一〇年十二月選入《二〇一〇世界詩選》〈第三十屆世界詩人大會〉編印

船影

我曾經在海邊
借用雨景中的斜紋線條
還有薄霧的灰濛
完成了一幅寫生畫

這幅畫的主題
看似描繪海洋的深遠
又像抒寫大海滿懷巨大的悲情
俟達達的船聲
遠遠傳來
你才會意那一抹

晦暗的留白
原來是一艘返航的漁船
搖晃在雲霧瀰漫的海天之際
但我不想說得太過明白
那究竟
是我的本意，還是
一場誤會而已

二〇一一年七月十五日《聯合報》「聯合副刊」

夜經八里左岸

夜突然凝固了
在黑暗中牢牢黏住
自己的腳步
我正好走過渡船頭的暗巷
看見堤岸外的潮汐
一波波拍打明滅不定的燈影

我立刻驚覺翻來覆去的海浪
竟然無聲無息
難道是浪濤被錄進
一支冥想的夜曲裡

我悄然走在岸邊
專注去想那熟悉的旋律和節奏
怎樣將濤音轟隆傳來
又怎樣漸漸隱去

而我才一回過神
四周卻頓時寂靜了
海面好像完全停止了波濤
時間也退回到記憶的深處
我輕身走過
濱海小鎮偶然被記起的街巷
踽踽穿過燈影

二〇一一年八月七日《自由時報》「自由副刊」

紐約地下鐵

一朵烏雲飄過
眼前忽而暗了一下
一個黑女人
從身旁擠過
她的笑容
正好就在隧道中
隨著車廂一排廣告燈
亮起
列車飛快駛進黑夜裡
眼前又暗了一下

接著就一路
黑了下去

二〇一一年十月三日《聯合報》「聯合副刊」
二〇一一年十一月一日《世界日報》「世界副刊」
二〇一二年二月入選《二〇一一臺灣詩選》（二魚文化版）

一個老婦的側影

早已過了深秋
總還有幾片黃葉尚未落盡
枯枝伸長了抖顫的手
試著去抓住
一抹就要散去的灰雲
天色突然忽明忽暗
即將落雪的天空
一時分外寧靜

而山的那一邊
雪下過一陣停了

北風吹過一陣也停了
冬天，還是以往的冬天
只不過來了就再也不走
而且愈來愈冷了

二〇一一年十二月十五日《聯合報》「聯合副刊」
二〇一二年一月十四日《世界日報》「世界副刊」
二〇一二年四月入選《二〇一一台灣現代詩選》（文學台灣．春暉版）

【後記】多少事盡藏詩句裡

我曾經爲了是否要替這本詩集寫一篇後記，左思右想，猶豫不決了許久。我當然知道，沒有非要在書的結尾附上跋文的說法；然而，新集的出版，畢竟有出書的緣由與編訂的過程，雖非必要，稍作交代總是無妨。

回顧過往，由於工作因素，需要四處旅行，中年後又客居異國，在變遷的生活環境裡，爲生計奔波勞碌，作品自然不豐，且斷斷續續，時寫時綴了許多年。其實還有一個勉強的藉口，可能就是我一直迷信愛倫・坡（Edgar Allan Poe,1809-1849）生前僅得詩五十首，照樣名登大詩人之列，加上我向來堅持，寫詩是一種絕對的創造，詩作數量便相對減少了。翻閱我在二〇〇七年出版的詩集《調色盤》，讀者當能清晰看出，從一九八〇年到二〇〇六年長達二十六載的時間，才選出百來首作品集結成冊，不管由何種角度來考察，以數量言，我應可算是少產詩人了。

二〇〇七年春天，我離開職場沒多久，正準備退休，又找到一份 Home Shopping Network

公司派駐中國的商務、品質認證的工作，發現時間突然多了出來，人生的心態也適時做了大幅度調整，一部終日轟隆震響的馬達，一旦停了，你是處於茫然，空虛抑或休息之後再走長遠的路？我選擇與繆斯爲伍。

作品似乎多了一些，我常跟朋友說起，這些多出來的詩，是要塡充過去的空白，彌補從前的不足吧。不久前收到一位老友的電郵，竟說一連在電子報的副刊上，讀到你不少詩，你現在是不折不扣的 prolific poet 了。我是不同意的，但又不知怎樣回答。我深諳詩寫出來發表了，讀者也不會太多，因此，多產與供需的關係，在本來就是低迷不振的文化氛圍中，一小撮小眾文類的小圈子裡，的確就變得突兀，甚至滑稽不已。幸好我沒有「自我感覺良好」的毛病，卻有自知之明的美德；我經常告誡自己，詩是爲自己寫的，其次是爲有緣的讀者而寫。英國詩人羅拔特・格勒夫（Robert Graves,1895-1985）曾嘆曰：「我的詩乃是寫給詩人讀的。」他說的話確有幾分道理，絕不是情緒的宣洩。二〇〇〇年諾貝爾文學獎得主，劇作家、小說家高行健（1940-）曾大聲說過，他自始至終主張藝術與詩的表現就是自言自語，若是總考慮別人的想法，心裡老想著人家的反應，什麼也無法下筆。當他說不需要讀者的時候，聽來不免有點負氣的樣子，不過做爲一個有自省能力的詩人，也眞的只有把作品寫好；因爲詩是詩人存在的唯一證明。這個時代，詩是小眾化的，詩只有少數人去讀，可是，我情願爲少數的讀者而寫，並且一直寫下去！

我雖受多位好友頻頻慫恿，尤其是詩人渡也數度來信鼓勵，心或有所動，卻無在出書未久，即又出新集的打算。兩年前的一個秋天，我前往紀念詩人杜十三的追思座談會上，巧遇當時任職於秀威數位出版的青年詩人楊宗翰，無意間談起數位印刷出書的概念，並積極向我邀稿。越一年，與主任編輯黃姣潔見了面，並親赴出版社了解出書流程，對現代科技運用在印刷書籍的趨勢，以及BOD（Books On Demand）的行銷策略，有了正面的評估，這樣我才興起了出版新書的想法。

收錄在這本詩集裡的作品計一百三十五首，係起自二〇〇七年初到二〇一一年杪，由一百六十五首發表過的詩作中選出。詩集取名「影子的重量」，源自一行詩句，沒有既定的意義，只是書名而已。全書細分十二卷，大體採編年式，除將小詩置於卷一「車站留言板」、卷二「前世今生」，旅遊詩置於卷三「卡斯楚街」外，並將性質、趣味與特殊創作背景近似的作品約略分開，方便讀者閱讀。前面提過上部詩集《調色盤》，時間橫跨四分之一世紀，只得百來首詩，而今僅四年卻有此結果，總算耕耘有了收穫。

我向來怕看作者解釋自己詩作的文章，包括附註、後記和小記等，由詩人本人現身說法，詮釋自己的作品，是否適合，論者可能有不同見解，但唯恐讀者看不清，聽不明，而滔滔不絕，則一定令人望而生畏。我的詩，除了有些背景需要稍作介紹外，極少加註。詩是獨立的世界，完整地記錄了想像與現實怎樣重疊的過程。

所以，我的情感、思想、人生體會和生活經驗，全都表現在詩中。有人說，用生命寫詩的人，是不會被生命遺棄的。我願意這樣相信。年逾花甲多少事，盡藏詩句裡，親愛的讀者，不管在何時，在何處，當你翻開詩集展讀任何一首詩，只要引起你的共鳴，讓你在讀詩時，獲致一絲喜悅、遐思、啓示、激發甚至憂傷，或者是你延伸想像的空間，而有了再創作的感動，我都會深摯感謝，並且得到安慰。對了，談到想像在詩創造中的靈魂作用，在變換角度下，詩可以是手段，也是目的，詩既是人生的眞實，亦爲人生虛幻的一部份或全部。詩人缺乏想像力或沒有想像力，眞不知怎樣寫出教人也在想像的天空翱翔的詩？愛因斯坦（Albert Einstein,1879-1955）說：「想像力比知識更重要」，我覺得把這句話用在此地，也至爲允當。

時值新書即將出版，在付梓面世的一刻，心中滿懷感激。詩，是一種生活方式，是經由信仰產生的人生態度，姑不論詩人能否耐得住寂寞，詩人之路，不但寂寞，詩人本身，更是孤獨。我要說的是，行走孤寂之旅，還是有不少相同「族類」的友朋，或併肩而行，或前後照應，比成相互取暖也好，總是給了我莫大的支持和鼓舞。感謝旅居溫哥華的老牌詩人、詩論家和著名編輯人瘂弦慨允賜序，他抱病爲詩集撰寫宏文長序的美意，我將放在心上，不敢忘記。去年夏天快要結束的時候，我打定出書的主意，立刻將出版的大概情形，向瘂弦兄徵詢意見，並希望惠賜一篇序文，以爲小書增光添色。瘂弦兄爽快地一口答應之後，由於他治學嚴謹，態度認眞我們做了多次電話交談，書面問答，我亦根據鉅細靡遺的提問，一一作答；然而一篇序文竟花了將近一年的時間尙未完成，就事有蹊蹺了。原來瘂弦兄近年苦於心臟宿疾，年初又在商場購物時，忽覺頭昏失去重心，摔了一跤，傷勢不輕。後來雖漸復元沒有大礙，但體力、記憶力大不如前，最關鍵的，還是提筆忘字，寫稿速度極爲緩慢幾近停滯。

這十數年來，瘂弦兄與我來往密切，他亦師亦友的情誼，我就暫且不多敘述了。他說，序文拖得太久，總該有個完稿之期，你不催問，我也要儘快寫成。他又說，這恐怕是我一生中最後一篇序文吧。聽罷，一股感謝摻合著憂傷的情緒，在心底油然而生。

另外，詩人、詩評家白靈，他冒著臺北炎炎夏日的高溫，揮汗爲新集作序，如此善意，如此高情隆誼，怎樣才能表達我的謝意呢？白靈兄主修化學，一直在化學工程領域擔任教職，但在詩壇的詩、論兩方面亦表現優異，成績斐然；他以科學方法介入文學評論，甚獲藝文界重視，現已然成爲兩岸三地詩壇名家。他的序言不但讓讀者加深對我創作生命的了解，更可以當作一篇優美的文章來讀。

趁著這個機會，也要對旅美畫家馮鍾睿兄用於封面的抽象畫作，詩人張默、碧果、林煥彰和管管諸兄精繪的內頁插圖，以及出版社群策群力、精心編輯本書的製作小組，一併致上謝忱。沒想到，數位印刷也能夠把書印得如此精美，以這樣脫俗雅緻的姿容出現，雍容大方地面對讀者。

我是一個旅行者，出版了這冊詩集，我將作另一次的遠遊。

阿根廷詩人波赫士（Jorge Luis Borges,1899-1986）曾在詩中寫道：「水在我嘴裡仍有甜味／詩節的優美沒有把我拋棄」，在人生當中，我始終帶著感恩與喜悅，懷著謙卑的心情，往前探索，往前學習與欣賞，往前慢慢老去；不論在天涯海角，我都將繼續地寫著，精彩著。

謹以這本詩集《影子的重量》，獻給那位曾說「我不懂詩，但我懂那個詩人。」的吾妻貞貞，以及我摯愛的孩子們。

【附錄】作者作品評介

《調色盤》讀後筆記／瘂弦
刊載於二〇〇八年九月《創世紀詩雜誌》秋季號第一五六期

也是有情人
——從張堃《調色盤》詩集中兩首情詩談起／沙穗
刊載於二〇〇九年一月《秋水詩刊》第一四〇期

一齣人生空無的荒謬劇
——讀張堃〈訪善導寺〉／落蒂
刊載於二〇〇九年六月《創世紀詩雜誌》夏季號第一五九期

人物春秋

——予人以內心的率真，略說張堃／辛鬱

刊載於二〇〇九年十月《文訊雜誌月刊》第二八八期

論敘事的時空與方式

——以張堃的幾首詩為例／墨韻

刊載於二〇一〇年十月《新大陸詩雙月刊》第一二〇期

質樸而沉毅

——讀張堃的《調色盤》／林明理

刊載於二〇一〇年十月《秋水詩刊》第一四七期

張堃新詩賞析／藍海文

刊載於二〇一一年二月《葡萄園詩刊》春季號第一八九期

我懂那個詩人／陳文發

刊載於二〇一一年十二月二十六日《中華日報》「中華副刊」

庾信文章老更成

——張堃新作檢閱／劉荒田

刊載於二〇一二年六月《新大陸詩雙月刊》第一三〇期

閱讀大詩15　PG0818

影子的重量
——張堃詩集

作　　者	張　堃
責任編輯	黃姣潔
圖文排版	郭雅雯、陳姿廷
封面設計	王嵩賀
出版策劃	釀出版
製作發行	秀威資訊科技股份有限公司 114 台北市內湖區瑞光路76巷65號1樓 電話：+886-2-2796-3638　傳真：+886-2-2796-1377 服務信箱：service@showwe.com.tw http://www.showwe.com.tw
郵政劃撥	19563868　戶名：秀威資訊科技股份有限公司
展售門市	國家書店【松江門市】 104 台北市中山區松江路209號1樓 電話：+886-2-2518-0207　傳真：+886-2-2518-0778
網路訂購	秀威網路書店：http://www.bodbooks.com.tw 國家網路書店：http://www.govbooks.com.tw
法律顧問	毛國樑　律師
總 經 銷	聯合發行股份有限公司 231新北市新店區寶橋路235巷6弄6號4F 電話：+886-2-2917-8022　傳真：+886-2-2915-6275
出版日期	2012年11月　BOD一版
定　　價	340元

國家圖書館出版品預行編目

影子的重量:張堃詩集 / 張堃著. -- 一版. -- 臺北市：
釀出版, 2012.11
面； 公分. --（閱讀大師；PG0818）
BOD版
ISBN 978-986-5976-62-0（平裝）

851.486 101016250

讀者回函卡

感謝您購買本書，為提升服務品質，請填妥以下資料，將讀者回函卡直接寄回或傳真本公司，收到您的寶貴意見後，我們會收藏記錄及檢討，謝謝！

如您需要了解本公司最新出版書目、購書優惠或企劃活動，歡迎您上網查詢或下載相關資料：http:// www.showwe.com.tw

您購買的書名：________________________________

出生日期：________年________月________日

學歷：□高中（含）以下　□大專　□研究所（含）以上

職業：□製造業　□金融業　□資訊業　□軍警　□傳播業　□自由業

□服務業　□公務員　□教職　□學生　□家管　□其它____

購書地點：□網路書店　□實體書店　□書展　□郵購　□贈閱　□其他

您從何得知本書的消息？

□網路書店　□實體書店　□網路搜尋　□電子報　□書訊　□雜誌

□傳播媒體　□親友推薦　□網站推薦　□部落格　□其他________

您對本書的評價：（請填代號　1.非常滿意　2.滿意　3.尚可　4.再改進）

封面設計____　版面編排____　內容____　文／譯筆____　價格____

讀完書後您覺得：

□很有收穫　□有收穫　□收穫不多　□沒收穫

對我們的建議：________________________________

____

____

____

請貼
郵票

11466
台北市內湖區瑞光路 76 巷 65 號 1 樓
秀威資訊科技股份有限公司 收
BOD 數位出版事業部

（請沿線對折寄回，謝謝！）

姓　　名：＿＿＿＿＿＿＿＿　年齡：＿＿＿＿　性別：□女　□男

郵遞區號：□□□□□

地　　址：＿＿＿＿＿＿＿＿＿＿＿＿＿＿＿＿

聯絡電話：(日) ＿＿＿＿＿＿＿＿ (夜) ＿＿＿＿＿＿＿＿

E-mail：＿＿＿＿＿＿＿＿＿＿＿＿＿＿＿＿